TRANZLATY

El idioma es para todos

زبان سب کے لیے ہے۔

La Metamorfosis

تبدیلی کا عمل

Franz Kafka

فرانز کافکا

Español / اردو

Primera parte

حصہ اول

Cuando Gregorio Samsa se despertó una mañana de un sueño intranquilo, se encontró en su cama convertido en una monstruosa alimaña.

جب گریگور سامسا ایک صبح پریشان کن خوابوں سے بیدار ہوا، تو اس نے خود کو اپنے بستر میں ایک خوفناک کیڑے میں تبدیل پایا۔

Yacía sobre su espalda dura, como una armadura.

وہ اپنے بکتر بند کی طرح سخت پیٹھ پر لیٹ گیا

y vio, si levantaba un poco la cabeza, su vientre abovedado y marrón dividido por refuerzos arqueados

اور اس نے دیکھا کہ اگر اس نے اپنا سر تھوڑا سا اٹھایا تو اس کا گنبد دار بھورا پیٹ محراب وں سے ڈھکا ہوا ہے۔

porque el vientre, a cuya altura la manta, a punto de deslizarse por completo, apenas podía sostenerse

کیونکہ پیٹ، جس کی اونچائی پر کمبل مکمل طور پر نیچے گرنے کے لئے تیار ہے، مشکل سے پکڑ سکتا تھا

Sus numerosas piernas, lamentablemente delgadas en comparación con su tamaño habitual, parpadeaban impotentes ante sus ojos.

اس کی کئی ٹانگیں، جو اس کے عام سائز کے مقابلے میں انتہائی پتلی تھیں، اس کی آنکھوں کے سامنے بے بسی سے چمک رہی تھیں۔

«¿Qué me ha pasado?», pensó.

"مجھے کیا ہو گیا ہے؟ "اس نے سوچا۔

Pero no fue un sueño

لیکن یہ ایک خواب نہیں تھا

Su habitación, una auténtica habitación humana, aunque un poco pequeña, se encontraba tranquilamente entre las cuatro paredes conocidas.

اس کا کمرہ، ایک حقیقی انسانی کمرہ، جو تھوڑا سا چھوٹا تھا، چار مشہور دیواروں کے درمیان خاموشی سے پڑا تھا۔

Sobre la mesa, sobre la que se extendía una colección desmontada de muestras de tela, colgaba el cuadro

میز کے اوپر، جس پر کپڑے کے نمونوں کا ایک الگ مجموعہ پھیلا ہوا تھا، تصویر لٹکا دی گئی تھی۔

Samsa era un viajero y por lo tanto tenía la colección de muestra de productos textiles.

سمسا ایک مسافر تھا اور اس لئے کپڑے کے سامان کے نمونے جمع کرتا تھا۔

La imagen que había recortado recientemente de una revista ilustrada.

وہ تصویر جو انہوں نے حال ہی میں ایک تصویری میگزین سے کاٹ دی تھی

y había colocado el cuadro en un bonito marco dorado.

اور اس نے تصویر کو ایک خوبصورت، گلڈ فریم میں رکھ دیا تھا۔

La imagen mostraba a una dama.

تصویر میں ایک عورت کو دکھایا گیا ہے

Una dama sentada erguida con un sombrero de piel y una boa de piel.

ایک عورت جو کھال کی ٹوپی اور فر بوا پہنے سیدھی بیٹھی ہے

Una dama con un pesado manguito de piel, en el que había desaparecido todo su antebrazo, se levantó hacia el espectador.

ایک عورت جس کی کھال بھاری تھی، جس میں اس کا پورا بازو غائب ہو گیا تھا، دیکھنے والے کی طرف اٹھا۔

Gregor miró entonces hacia la ventana y el tiempo gris...

اس کے بعد گریگور نے کھڑکی کی طرف دیکھا، اور سست موسم

Se podía oír las gotas de lluvia golpeando la ventana.

آپ کھڑکی سے بارش کے قطرے ٹکرانے کی آواز سن سکتے ہیں

El clima lo puso muy melancólico.

موسم نے اسے بہت افسردہ کر دیا

¿Qué tal si duermo un poco más y me olvido de todas estas tonterías?, pensó.

اگر میں تھوڑی دیر سو جاؤں اور یہ ساری فضول باتیں بھول جاؤں تو کیا ہوگا، اس نے سوچا

Pero eso era completamente inviable.

لیکن یہ مکمل طور پر ناقابل عمل تھا

porque estaba acostumbrado a dormir sobre su lado derecho

کیونکہ وہ اپنے دائیں طرف سونے کا عادی تھا

Pero en su estado actual no podía llegar a esa posición.

لیکن اپنی موجودہ حالت میں وہ خود کو اس عہدے پر نہیں لا سکا۔

No importaba con cuánta fuerza se lanzara hacia su lado derecho, siempre se balanceaba hacia atrás hasta la posición supina.

اس سے کوئی فرق نہیں پڑتا کہ اس نے اپنے آپ کو اپنے دائیں طرف کتنا ہی زور سے پھینک دیا ، وہ ہمیشہ بے ہوش حالت میں واپس چلا جاتا تھا۔

Probablemente lo intentó cientos de veces.

اس نے شاید اسے سو بار آزمایا

Cerró los ojos para no ver las piernas inquietas.

اس نے اپنی آنکھیں بند کر لیں تاکہ اس کی ٹانگوں کو نہ دیکھا جا سکے۔

y sólo se detuvo cuando empezó a sentir un dolor leve y sordo en el costado que nunca había sentido antes.

اور وہ صرف اس وقت رک گیا جب اسے اپنی طرف ہلکا سا، ہلکا سا درد محسوس ہونے لگا جو اس نے پہلے کبھی محسوس نہیں کیا تھا۔

Oh Dios, pensó, "¡qué profesión tan agotadora he elegido!"

اے خدا، اس نے سوچا" میں نے کتنا سخت پیشہ منتخب کیا ہے "!

Día tras día en el viaje

سفر میں دن رات

El entusiasmo empresarial es mucho mayor que en el negocio real en casa.

کاروباری جوش و خروش گھر پر حقیقی کاروبار سے کہیں زیادہ ہے

Y además tengo esta plaga de viajar.

اور اس کے علاوہ، مجھے سفر کی یہ طاعون ہے

Las preocupaciones por las conexiones ferroviarias y la comida irregular y mala.

ٹرین کنکشن اور بے ترتیب، خراب کھانے کے بارے میں خدشات

Una interacción humana siempre cambiante, nunca permanente, nunca cálida.

ایک ہمیشہ بدلتا ہوا، کبھی مستقل نہیں، کبھی گرم انسانی تعامل نہیں

"¡Que el diablo se quede con todo!"

"شیطان کو یہ سب کچھ حاصل کرنے دو "!

Sintió un ligero picor en la parte superior del estómago.

اس نے اپنے پیٹ کے اوپر ہلکی سی خارش محسوس کی

Se movió lentamente sobre su espalda más cerca del poste de la cama.

وہ آہستہ آہستہ اپنی پیٹھ پر بیڈ پوسٹ کے قریب چلا گیا۔

para poder levantar mejor la cabeza

سر کو بہتر طریقے سے اٹھانے کے قابل ہونا

Encontró el punto que le picaba y que estaba cubierto de
pequeños puntos blancos.

اسے خارش والی جگہ ملی ، جو چھوٹے سفید نقطوں سے ڈھکی ہوئی تھی۔

Pequeños puntos blancos que no podía juzgar.

چھوٹے سفید نقطے جن کا وہ فیصلہ نہیں کر سکتا تھا

y quiso tocar el lugar con una pierna

اور وہ ایک ٹانگ سے اس جگہ کو چھونا چاہتا تھا

pero inmediatamente retiró la pierna

لیکن اس نے فوری طور پر اپنی ٹانگ واپس کھینچ لی۔

porque cuando tocó el deporte sintió un escalofrío

کیونکہ جب اس نے کھیل کو چھوا تو اسے سردی محسوس ہوئی۔

Volvió a su posición anterior.

وہ اپنی سابقہ پوزیشن میں واپس آ گیا

«Despertarse tan temprano», pensó, «te vuelve bastante
estúpido».

"اتنی جلدی اٹھنا،" اس نے سوچا،" انسان کو بے وقوف بنا دیتا ہے۔

"El hombre debe dormir"

"انسان کو اپنی نیند لینی چاہیے"

»Otras viajeras viven como mujeres de harén«

"دوسرے مسافر حرم کی عورتوں کی طرح زندگی بسر کرتے ہیں"

»Por la mañana transfiero los pedidos que he recibido«

"صبح میں مجھے موصول ہونے والے احکامات منتقل کرتا ہوں"

»En este momento estos señores están desayunando«

"اس وقت یہ حضرات صرف ناشتہ کر رہے ہیں"

«Debería intentarlo con mi jefe».

"مجھے اپنے باس کے ساتھ یہ کوشش کرنی چاہئے"

«Me echarían inmediatamente»

"مجھے فوری طور پر باہر نکال دیا جائے گا"

»Pero quién sabe si eso no sería muy bueno para mí.«

"لیکن کون جانتا ہے کہ یہ میرے لئے بہت اچھا نہیں ہوگا" ۔

Si mis padres no me hubieran frenado, habría dejado el
estudio hace mucho tiempo.

اگر مجھے اپنے والدین کی وجہ سے نہ روکا گیا ہوتا تو میں بہت پہلے ہی نوکری چھوڑ چکا ہوتا۔

Me habría enfrentado al jefe y le habría dicho mi opinión
desde el fondo de mi corazón.

میں باس کے سامنے کھڑا ہوتا اور اسے اپنے دل کی گہرائیوں سے اپنی رائے بتاتا۔

«¡Debería haberse caído del escritorio!»

"اسے میز سے گر جانا چاہیے تھا"!

»También es una forma extraña de sentarse en el escritorio«

"میز پر بیٹھنے کا یہ بھی ایک عجیب طریقہ ہے"

»Y también es una forma extraña de hablarle con condescendencia al empleado«

"اور یہ ملازم سے بات کرنے کا ایک عجیب طریقہ بھی ہے "

»Debido a la pérdida auditiva del jefe, tienes que acercarte mucho«

"باس کی سماعت سے محرومی کی وجہ سے، آپ کو بہت قریب جانا پڑتا ہے"

»Bueno, la esperanza aún no está completamente perdida«

"امید ابھی مکمل طور پر ختم نہیں ہوئی ہے"

»Una vez que tenga el dinero para pagar la deuda que tienen mis padres con él, definitivamente lo haré«

"ایک بار جب میرے پاس اپنے والدین کا قرض ادا کرنے کے لئے پیسے ہوں گے، تو میں یقینی طور پر ایسا کروں گا".

Probablemente tomará otros cinco o seis años.

"اس میں شاید مزید پانچ سے چھ سال لگیں گے "

»Entonces se hará la gran separación«

"پھر بڑی علیحدگی کی جائے گی"

»Pero por el momento debo levantarme«

"فی الحال، تاہم، مجھے اٹھنا ہوگا"

»Porque mi tren sale a las cinco«

"کیونکہ میری ٹرین پانچ بجے روانہ ہوتی ہے"

Y miró el despertador que hacía tictac en la caja.

اور اس نے باکس پر لگی الارم گھڑی کو دیکھا۔

«¡Padre Celestial!», pensó.

"آسمانی باپ"! اس نے سوچا

Eran las seis y media y las manecillas avanzaban silenciosamente.

ساڑھے چھ بج چکے تھے اور ہاتھ خاموشی سے آگے بڑھ رہے تھے۔

Incluso las seis y media ya habían llegado y se habían ido

یہاں تک کہ ساڑھے چھ بج چکے تھے اور پہلے ہی آ چکے تھے اور

چلے گئے تھے۔

Ya se acercaba las siete menos cuarto

یہ پہلے ہی ایک چوتھائی سے سات تک پہنچ چکا تھا

¿Tal vez la alarma no sonó?

شاید الارم نہیں بج رہا تھا؟

Desde la cama se podía ver que el despertador estaba programado exactamente para las cuatro.

آپ بستر سے دیکھ سکتے ہیں کہ الارم گھڑی چار بجے کے لئے صحیح طریقے سے ترتیب دی گئی تھی

Seguramente había sonado el despertador

یقینی طور پر الارم گھڑی بج رہی تھی

Sí, pero ¿era posible dormir con ese sonido que hacía temblar los muebles?

جی ہاں، لیکن کیا فرنیچر کے جھٹکوں کی گھنٹی کے ذریعے سونا ممکن تھا؟

Bueno, no había dormido tranquilo, pero probablemente lo más profundo

ٹھیک ہے، وہ آرام سے نہیں سویا تھا، لیکن شاید سب گہرا تھا.

¿Pero qué debería hacer ahora?

لیکن اب اسے کیا کرنا چاہئے؟

El siguiente tren no salía hasta las siete.

اگلی ٹرین سات بجے تک روانہ نہیں ہوئی

Para alcanzar el tren, habría tenido que apresurarse sin sentido.

ٹرین پکڑنے کے لیے، اسے بے حسی سے جلدی کرنی پڑتی۔

y la colección de muestras de tela aún no estaba empaquetada

اور کپڑے کے سامان کے نمونے جمع کرنا ابھی تک پیک نہیں کیا گیا تھا

y él mismo no se sentía particularmente fresco y ágil

اور وہ خود کو خاص طور پر تروتازہ اور چاق و چوبند محسوس نہیں کرتا تھا۔

Y aunque alcanzara el tren, un regaño del jefe era inevitable.

اور اگر وہ ٹرین میں پھنس بھی جائے تو باس کی طرف سے ڈانٹنا ناگزیر تھا۔

porque el empleado estaba esperando el tren de las cinco y

hacía tiempo que había informado de su ausencia

کیونکہ کلرک پانچ بجے کی ٹرین کا انتظار کر رہا تھا اور کافی عرصے سے اس کی غیر موجودگی کی اطلاع دے رہا تھا۔

Era una criatura del jefe, sin columna vertebral ni sentido.

یہ باس کی ایک مخلوق تھی، جس میں ریڑھ کی ہڈی اور حس نہیں تھی

¿Qué pasa si llama diciendo que está enfermo?

اگر وہ بیمار کو بلاتا ہے تو کیا ہوگا؟

Pero eso sería extremadamente embarazoso y sospechoso.

لیکن یہ انتہائی شرمناک اور مشکوک ہوگا

Porque Gregor no había estado enfermo ni una sola vez durante sus cinco años de servicio.

کیونکہ گریگور اپنی پانچ سالہ ملازمت کے دوران ایک بار بھی بیمار نہیں ہوا تھا۔

Seguramente el jefe vendría con el médico del seguro médico.

یقینی طور پر باس ہیلتھ انشورنس ڈاکٹر کے ساتھ آئے گا

Él culparía a los padres por su hijo perezoso.

وہ اپنے سست بیٹے کے لئے والدین کو مورد الزام ٹھہراتا تھا۔

y cortaría todas las objeciones remitiéndose al médico del seguro médico.

اور وہ ہیلتھ انشورنس ڈاکٹر کا حوالہ دے کر تمام اعتراضات کو ختم کر دیتے تھے۔

Para él sólo hay personas completamente sanas, pero que no se preocupan por el trabajo.

ان کے لیے صرف مکمل طور پر صحت مند، لیکن کام کرنے والے شرمیلے لوگ ہیں۔

Y, para ser justos, ¿estaría completamente equivocado en este caso?

اور کیا وہ اس معاملے میں مکمل طور پر غلط ہوں گے؟

Gregor en realidad se sintió bastante bien.

گریگور نے واقعی بہت اچھا محسوس کیا

Aparte de una somnolencia realmente innecesaria después del largo sueño.

طویل نیند کے بعد واقعی غیر ضروری غنودگی کے علاوہ

Y hasta tenía un hambre particularmente fuerte.

اور یہاں تک کہ اسے خاص طور پر شدید بھوک بھی تھی

Mientras pensaba en todo esto con gran prisa, el despertador dio las siete menos cuarto.

جب اس نے یہ سب کچھ بڑی جلد بازی میں سوچا تو الارم کی گھنٹی چوتھائی سے سات بج گئی۔

Y hubo un suave golpe en la puerta en la cabecera de su cama.

اور اس کے بستر کے سر پر دروازے پر ہلکی سی دستک ہوئی۔

—Gregor —gritó alguien, era la madre—, son las siete menos cuarto.

"گریگور، "کسی نے پکارا – یہ ماں تھی" – یہ چوتھائی سے سات بجے ہے۔

—¿No querías irte? —preguntó la suave voz.

"کیا تم جانا نہیں چاہتے تھے؟ "نرم لہجے میں پوچھا۔

Gregor se asustó cuando oyó su voz de respuesta.

گریگور اس کی جوابی آواز سن کر ڈر گیا

La voz era inequívocamente la suya anterior.

یہ آواز واضح طور پر اس کی سابقہ تھی

Pero en la voz, como si viniera desde abajo, se había mezclado un doloroso chillido.

لیکن آواز میں، جیسے نیچے سے، ایک دردناک چیخ ملی ہوئی ہو۔

Sólo al principio la voz parecía formar palabras con cierta claridad.

صرف شروع میں آواز کچھ وضاحت کے ساتھ الفاظ کی تشکیل کرتی دکھائی دیتی تھی۔

Pero en el eco mental la voz se quebró de tal manera que uno no sabía si había escuchado correctamente.

لیکن دماغی گونج میں آواز اس طرح ٹوٹی کہ کسی کو پتہ ہی نہیں چلا کہ کسی نے ٹھیک سے سنا ہے یا نہیں۔

Gregor quería responder con detalle y explicar todo.

گریگور تفصیل سے جواب دینا چاہتا تھا اور ہر چیز کی وضاحت کرنا چاہتا تھا

Pero en estas circunstancias se limitó a decir:

لیکن ان حالات میں انہوں نے اپنے آپ کو یہ کہنے تک محدود رکھا:

—Sí, sí, gracias, mamá, ya me levanté.

"ہاں، ہاں، شکریہ ماں، میں پہلے ہی اٹھ چکا ہوں"

Debido a la puerta de madera, el cambio en la voz de Gregor probablemente no se notó desde afuera.

لکڑی کے دروازے کی وجہ سے، گریگور کی آواز میں تبدیلی شاید باہر نظر نہیں آ رہی تھی۔

porque la madre se calmó con esta explicación y sorbió.

کیونکہ ماں نے اس وضاحت سے اپنے آپ کو پرسکون کیا اور وہاں سے بھاگ گئی۔

Pero la pequeña conversación había llamado la atención de los demás miembros de la familia.

لیکن اس چھوٹی سی گفتگو نے خاندان کے دیگر افراد کی توجہ اپنی طرف مبذول کر لی تھی۔

Gregor todavía estaba en casa y no fue a trabajar.

گریگور ابھی بھی گھر پر تھا اور کام پر نہیں گیا تھا۔

y el padre golpeó la puerta lateral, débilmente, pero con el puño.

اور باپ نے سائیڈ کے دروازے پر دستک دی، کمزوری سے، لیکن اپنی مٹھی سے

Gregor, Gregor, gritó, "¿qué pasa?"

گریگور، گریگور، اس نے روتے ہوئے کہا،" یہ کیا ہے؟"

Y al cabo de un rato volvió a advertir con voz más grave: «¡Gregor! ¡Gregor!».

تھوڑی دیر کے بعد اس نے ایک گہری آواز میں ایک بار پھر متنبہ کیا : "گریگور !گریگور"!

Pero en la otra puerta lateral la hermana preguntó en voz baja:

لیکن دوسری طرف کے دروازے پر بہن نے خاموشی سے پوچھا:

Gregor, ¿no te encuentras bien? ¿Necesitas algo?

گریگور؟ کیا تم ٹھیک نہیں ہو؟ کیا آپ کو کسی چیز کی ضرورت ہے؟

Gregor respondió a ambas partes: «Ya he terminado».

گریگور نے دونوں فریقوں کو جواب دیا" :میں پہلے ہی ختم ہو چکا ہوں"

y se esforzó por eliminar todo lo que llamaba la atención con la pronunciación más cuidadosa

اور اس نے ہر اس چیز کو ہٹانے کی کوشش کی جو انتہائی محتاط تلفظ سے نمایاں تھی۔

El padre también volvió a su desayuno.

والد بھی ناشتے پر واپس آ گئے

Pero la hermana susurró: "Gregor, ábreme, te lo ruego".

لیکن بہن نے سرگوشی میں کہا" :گریگور، کھولو، میں تجھ سے بھیک مانگتی ہوں۔

Pero Gregor no tenía intención de abrir.

لیکن گریگور کا کھولنے کا کوئی ارادہ نہیں تھا۔

En cambio, se elogió a sí mismo por la cautela que había adquirido mientras viajaba.

اس کے بجائے انہوں نے سفر کے دوران حاصل کی گئی احتیاط کے لئے خود کی تعریف کی۔

También ha aprendido a cerrar con llave todas las puertas de casa durante la noche.

اس نے رات کے وقت گھر کے تمام دروازوں کو بھی بند کرنا سیکھ لیا ہے۔

Primero quería levantarse y vestirse tranquilamente y sin ser molestado.

سب سے پہلے وہ اٹھنا چاہتا تھا اور خاموشی سے اور بلا روک ٹوک کپڑے پہننا چاہتا تھا۔

y luego quiso desayunar

اور پھر وہ ناشتہ کرنا چاہتا تھا

Y sólo entonces quiso considerar la situación más a fondo.

اور اس کے بعد ہی وہ صورتحال پر مزید غور کرنا چاہتا تھا۔

Porque sabía que en la cama no llegaría a ninguna conclusión sensata pensando en ello.

کیونکہ وہ جانتا تھا کہ بستر پر وہ اس کے بارے میں سوچ کر کسی معقول نتیجے پر نہیں پہنچے گا۔

A menudo había sentido un ligero dolor causado quizás por estar acostado de forma incómoda.

وہ اکثر عجیب جھوٹ بولنے کی وجہ سے ہلکا سا درد محسوس کرتا تھا

Dolor que resultó ser pura imaginación al levantarse.

درد جو اٹھتے وقت خالص تصور بن گیا

y tenía curiosidad por ver cómo sus ideas actuales se disolverían gradualmente

اور وہ یہ دیکھنے کے لئے متجسس تھا کہ اس کے موجودہ خیالات آہستہ آہستہ کیسے تحلیل ہوں گے۔

Quizás el cambio de voz no era más que el presagio de un resfriado severo.

شاید آواز میں تبدیلی شدید سردی کے پیش خیمہ سے زیادہ کچھ نہیں

تھی

No tenía ninguna duda al respecto.

اسے اس میں کوئی شک نہیں تھا

Era simplemente una enfermedad profesional de los viajeros.

یہ صرف مسافروں کی ایک پیشہ ورانہ بیماری تھی

Quitarse la manta fue fácil

کمبل اتارنا آسان تھا

Sólo tuvo que inflarse un poco y la manta cayó sola.

اسے بس اپنے آپ کو تھوڑا سا پھولنا پڑا اور کمبل خود بخود گر گیا۔

Pero seguía siendo difícil, sobre todo porque era increíblemente ancho.

لیکن یہ مشکل رہا ، خاص طور پر کیونکہ وہ ناقابل یقین حد تک وسیع تھا۔

Habría necesitado brazos y manos para ponerse de pie.

اسے کھڑے ہونے کے لئے ہتھیاروں اور ہاتھوں کی ضرورت ہوتی۔

Pero en lugar de brazos y manos sólo tenía muchas piernas pequeñas.

لیکن بازوؤں اور ہاتھوں کے بجائے اس کے پاس صرف بہت سی چھوٹی ٹانگیں تھیں۔

Piernas que estaban constantemente en diversos movimientos.

ٹانگیں جو مسلسل مختلف حرکات میں رہتی تھیں

Piernas que no podía controlar

ٹانگیں جنہیں وہ کنٹرول نہیں کر سکتا تھا

Si quería doblar una de sus piernas, era la primera que se estiraba.

اگر وہ اپنی ایک ٹانگ کو جھکانا چاہتا تھا، تو وہ پہلی ٹانگ تھی جو پھیلی ہوئی تھی۔

Cuando finalmente logró hacer lo que quería con esta pierna, las otras piernas comenzaron a temblar.

جب وہ آخر کار اس ٹانگ کے ساتھ وہ کرنے میں کامیاب ہو گیا جو وہ چاہتا تھا، تو دوسری ٹانگیں ہلنے لگیں۔

Mientras tanto, todas las demás piernas se movían como si las hubieran liberado, en una excitación extrema y dolorosa.

دریں اثنا، باقی تمام ٹانگیں اس طرح حرکت کر رہی تھیں جیسے انہیں

رہا کر دیا گیا ہو، انتہائی دردناک جوش و خروش میں۔

«No te quedes en la cama sin ningún motivo», se dijo Gregor.

گریگور نے اپنے آپ سے کہا ،"بس بغیر کسی وجہ کے بستر پر مت رہو۔

Primero quiso levantarse de la cama con la parte inferior del cuerpo.

سب سے پہلے وہ اپنے جسم کے نچلے حصے کے ساتھ بستر سے باہر نکلنا چاہتا تھا

Pero esta parte inferior, que aún no había visto, resultó demasiado difícil de mover.

لیکن یہ نچلا حصہ، جسے اس نے ابھی تک نہیں دیکھا تھا، حرکت کرنا بہت مشکل ثابت ہوا۔

Finalmente, casi salvaje, con todas sus fuerzas, se impulsó hacia adelante sin dudarlo.

آخر کار، تقریبا جنگلی، اپنی پوری طاقت کے ساتھ، اس نے بغیر کسی ہچکچاہٹ کے خود کو آگے بڑھایا۔

Pero había elegido la dirección equivocada para seguir adelante.

لیکن اس نے آگے بڑھنے کے لئے غلط سمت کا انتخاب کیا تھا۔

y golpeó violentamente el poste inferior de la cama

اور اس نے نچلی بستر کی چوکی کو زور سے مارا۔

El dolor ardiente que sintió le enseñó una lección.

جلتے ہوئے درد نے اسے سبق سکھایا

La parte inferior de su cuerpo era quizás la más sensible.

اس کے جسم کا نچلا حصہ شاید سب سے زیادہ حساس تھا۔

Por lo tanto, intentó sacar primero la parte superior del cuerpo de la cama.

لہذا اس نے پہلے اپنے اوپری جسم کو بستر سے باہر نکالنے کی کوشش کی۔

y giró con cuidado la cabeza hacia el borde de la cama.

اور اس نے احتیاط سے اپنا سر بستر کے کنارے کی طرف موڑ لیا۔

Este movimiento cauteloso también le resultó fácil.

یہ محتاط حرکت اس کے لئے بھی آسان تھی۔

Y a pesar de su anchura y peso, la masa corporal siguió lentamente el giro de la cabeza.

اور اس کی چوڑائی اور وزن کے باوجود ، جسم کی کمیت آہستہ آہستہ
سر کے موڑ کی پیروی کرتی ہے۔

Pero cuando finalmente sacó la cabeza de la cama al aire
libre, sintió miedo.

لیکن جب اس نے آخر کار اپنا سر کھلی ہوا میں بستر سے باہر نکالا تو
وہ ڈر گیا۔

Avanzar más de esta manera podría ser peligroso.

اس طرح آگے بڑھنا خطرناک ہوسکتا ہے

Porque si se dejaba caer así, tendría que ocurrir un milagro
para que no se lastimara la cabeza.

کیونکہ اگر وہ اپنے آپ کو اس طرح گرنے دیتا ہے تو اگر اس کے سر
پر چوٹ نہ لگی تو معجزہ ہونا پڑے گا۔

Y no podía perder la compostura a ningún precio,
especialmente ahora.

اور وہ کسی بھی قیمت پر اپنا سکون نہیں کھو سکتا تھا، خاص طور پر
اب

Decidió que prefería quedarse en la cama.

اس نے فیصلہ کیا کہ وہ بستر پر رہنا پسند کرے گا

Pero luego, después del mismo esfuerzo, volvió a quedarse
allí, suspirando, como antes.

لیکن پھر، اسی کوشش کے بعد، وہ پہلے کی طرح سانس لیتے ہوئے
دوبارہ وہیں لیٹ گیا۔

y de nuevo sus pequeñas piernas probablemente pelearían
entre sí aún más

اور پھر اس کی چھوٹی ٹانگیں شاید ایک دوسرے کے خلاف اور بھی
زیادہ لڑیں گی۔

No vio ninguna manera de traer paz y orden a partir de este
caos.

اس نے اس افراتفری سے امن و امان لانے کا کوئی راستہ نہیں دیکھا۔

Se dijo a sí mismo otra vez que no podía quedarse en la
cama.

اس نے اپنے آپ کو دوبارہ بتایا کہ وہ شاید بستر پر نہیں رہ سکتا

y pensó que lo más sensato era sacrificarlo todo

اور اس کا خیال تھا کہ سب سے زیادہ عقلمندانہ کام یہ ہے کہ سب کچھ
قربان کر دیا جائے۔

Valdría la pena si hubiera la más mínima esperanza de salir

de la cama.

اگر بستر سے اٹھنے کی تھوڑی سی بھی امید ہو تو یہ اس کے قابل ہوگا

Al mismo tiempo, sin embargo, no se olvidó de recordar algo.

تاہم اس کے ساتھ ہی وہ کچھ یاد رکھنا بھی نہیں بھولے۔

Mucho mejores que las decisiones desesperadas son las reflexiones tranquilas

مایوس کن فیصلوں سے کہیں بہتر پرسکون عکاسی ہے

En esos momentos, fijaba la mirada lo más nítidamente posible en la ventana.

ایسے لمحات میں اس نے کھڑکی پر اپنی نظریں زیادہ سے زیادہ تیزی سے مرکوز کیں۔

Pero, por desgracia, la visión de la niebla matinal trajo poca confianza y alegría.

لیکن بدقسمتی سے صبح کی دھند کا نظارہ بہت کم اعتماد اور خوشی لے کر آیا۔

La niebla de la mañana incluso cubría el otro lado de la estrecha calle.

صبح کی دھند نے تنگ گلی کے دوسری طرف کو بھی ڈھانپ لیا۔

Ya son las siete, se dijo mientras sonaba de nuevo el despertador.

سات بج چکے ہیں، الارم کی گھنٹی دوبارہ بجتے ہی اس نے اپنے آپ سے کہا۔

»Ya son las siete y todavía hay niebla«

"سات بج چکے ہیں اور اب بھی اتنی دھند ہے"

Y por un rato permaneció en silencio con la respiración débil.

اور تھوڑی دیر تک وہ کمزور سانس کے ساتھ خاموشی سے پڑا رہا۔

Como si tal vez esperara el regreso de condiciones reales y evidentes a partir del completo silencio.

گویا وہ شاید مکمل خاموشی سے حقیقی اور خود ساختہ حالات کی واپسی کی توقع کر رہا تھا۔

Pero luego se dijo: "Antes de que el reloj marque las siete menos cuarto, tengo que levantarme completamente de la cama".

لیکن پھر اس نے اپنے آپ سے کہا: "اس سے پہلے کہ ساتواں حصہ گھڑی بجے، مجھے بالکل بستر سے باہر ہونا چاہیے۔

»Para entonces vendrá alguien de la oficina a preguntar por mí.«

"تب تک دفتر سے کوئی مجھ سے پوچھنے آئے گا۔"

»Porque la oficina abre antes de las siete«

"کیونکہ دفتر سات بجے سے پہلے کھلتا ہے "

Y ahora comenzó a balancear su cuerpo fuera de la cama en toda su longitud, de manera completamente uniforme.

اور اب وہ اپنے جسم کو بستر سے اس کی پوری لمبائی میں، مکمل طور پر یکساں طور پر ہلانے لگا۔

Si se cayera de la cama de esta manera, su cabeza probablemente permanecería ilesa.

اگر وہ اس طرح بستر سے گر گیا تو شاید اس کا سر زخمی نہیں ہوگا۔

porque quería levantar bruscamente la cabeza cuando se cayó

کیونکہ وہ گرنے پر اپنا سر تیزی سے اٹھانا چاہتا تھا

La espalda parecía dura

پیٹھ سخت لگ رہی تھی

No le pasaría nada a la espalda si cayera sobre la alfombra.

اگر وہ قالین پر گر گیا تو پیٹھ کو کچھ نہیں ہوگا

Su mayor preocupación era el ruido fuerte.

اس کی سب سے بڑی تشویش اونچی آواز تھی۔

El choque que ocurriría probablemente asustaría a todos detrás de las puertas.

جو حادثہ پیش آئے گا وہ شاید دروازوں کے پیچھے سب کو خوفزدہ کر دے گا

Y si no fuera terror, aún así causaría preocupación.

اور اگر دہشت گردی نہیں تو پھر بھی یہ تشویش کا باعث بنے گی۔

Pero había que correr el riesgo de llamar la atención.

لیکن توجہ حاصل کرنے کا خطرہ مول لینا پڑا

El nuevo método era más un juego que un esfuerzo.

نیا طریقہ ایک کوشش سے زیادہ ایک کھیل تھا

Sólo tenía que balancearse bruscamente

اسے صرف جھٹکے سے ہلانا تھا

Cuando Gregor ya estaba a medio levantarse de la cama, se le ocurrió algo.

جب گریگور پہلے ہی بستر سے آدھے راستے پر تھا، تو اس کے ساتھ کچھ ہوا

Qué fácil sería todo si alguien viniera en su ayuda

اگر کوئی اس کی مدد کے لئے آئے تو سب کچھ کتنا آسان ہوگا

Dos personas fuertes –pensó en su padre y en la criada– habrían sido completamente suficientes.

دو طاقتور لوگ – وہ اپنے والد اور نوکرانی کے بارے میں سوچتے تھے – مکمل طور پر کافی ہوتے۔

Sólo habrían tenido que deslizar sus brazos bajo su espalda arqueada y sacarlo de la cama.

انہیں صرف اس کی محراب والی پیٹھ کے نیچے اپنے بازو ؤں کو جھکانا پڑتا اور اسے بستر سے چھیلنا پڑتا۔

Sólo habrían tenido que agacharse con la carga

انہیں صرف بوجھ کے ساتھ جھکنا پڑتا

Ojalá entonces las piernas tuvieran un propósito.

امید ہے کہ پھر ٹانگوں کا کوئی مقصد ہوگا

Bueno, aparte del hecho de que las puertas estaban cerradas, ¿realmente debería haber pedido ayuda?

ٹھیک ہے ، اس حقیقت کے علاوہ کہ دروازے بند تھے ، کیا اسے واقعی مدد کے لئے پکارنا چاہئے تھا؟

A pesar de todas sus dificultades, no pudo evitar una sonrisa ante este pensamiento.

اپنی تمام تر مشکلات کے باوجود وہ اس خیال پر مسکراہٹ کو دبا نہ سکا۔

Ya estaba en el punto en el que apenas podía mantener el equilibrio cuando el golpe era demasiado fuerte.

وہ پہلے ہی اس مقام پر تھا جہاں وہ مشکل سے اپنا توازن برقرار رکھ سکتا تھا جب سوئنگ بہت مضبوط تھی۔

y muy pronto tuvo que tomar una decisión final

اور بہت جلد اسے حتمی فیصلہ کرنا پڑا۔

Porque en cinco minutos serían las siete y cuarto.

کیونکہ پانچ منٹ میں سات بجے کا چوتھائی ہونے والا تھا۔

Y entonces sonó el timbre

اور پھر دروازے کی گھنٹی بجی

Es alguien de la oficina, se dijo y casi se quedó congelado.

یہ دفتر سے کوئی ہے ، اس نے اپنے آپ سے کہا اور تقریبا منجمد ہو گیا

Ahora sus piernas bailaban aún más apresuradamente.

اب اس کی ٹانگیں اور بھی جلدی سے رقص کر رہی تھیں

Por un momento todo quedó en silencio

ایک لمحے کے لئے سب کچھ خاموش رہا

No abrirán, se dijo Gregor, atrapado en una esperanza sin sentido.

وہ نہیں کھلیں گے، گریگور نے اپنے آپ سے کہا، کسی بے معنی امید میں پھنس گیا

Pero luego, por supuesto, como siempre, la criada caminó con firmeza hacia la puerta.

لیکن پھر، یقینا، ہمیشہ کی طرح، نوکرانی مضبوطی سے دروازے کی طرف چل پڑی۔

A Gregor sólo le bastó oír el primer saludo del visitante para saber quién era.

گریگور کو صرف مہمان کا پہلا سلام سننے کی ضرورت تھی اور وہ پہلے سے ہی جانتا تھا کہ یہ کون ہے

El propio secretario jefe vino a ver dónde estaba Samsa.

چیف کلرک خود یہ دیکھنے آیا کہ سمسا کہاں ہے

¿Por qué Gregorio fue el único condenado a servir en semejante compañía?

گریگور کو اس طرح کی کمپنی میں خدمات انجام دینے کی سزا کیوں دی گئی؟

Una empresa donde el más mínimo descuido inmediatamente despertaba sospechas.

ایک ایسی کمپنی جہاں معمولی سی نگرانی نے فوری طور پر شک پیدا کر دیا

¿Eran todos los empleados unos sinvergüenzas?

کیا تمام ملازمین بدتمیز تھے؟

¿No había entre ellos ninguna persona fiel y devota?

کیا ان میں کوئی وفادار اور وفادار شخص نہیں تھا؟

¿No era realmente suficiente que un aprendiz preguntara?

کیا واقعی ایک تربیت یافتہ کا پوچھنا کافی نہیں تھا؟

¿Era realmente necesario este cuestionamiento?

کیا یہ پوچھ گچھ بالکل ضروری تھی؟

¿El represantante autorizado tenía que venir personalmente?

کیا مجاز نمائندے کو خود آنا پڑا؟

¿Y era necesario mostrarle esto a toda la inocente familia?

اور کیا پورے معصوم خاندان کو یہ دکھانا پڑا؟

Gregor se sintió impulsado por estas consideraciones a hacer algo.

گریگور ان خیالات سے کچھ کرنے کے لئے متاثر ہوا تھا

Como resultado de una decisión, se levantó de la cama con todas sus fuerzas.

ایک فیصلے کے نتیجے میں ، اس نے اپنی پوری طاقت کے ساتھ خود کو بستر سے باہر نکال لیا۔

Se escuchó un fuerte estruendo, pero en realidad no era un ruido.

ایک زوردار دھماکا ہوا، لیکن یہ واقعی ایک شور نہیں تھا

La caída fue ligeramente suavizada por la alfombra.

گرنا قالین سے قدرے نرم ہو گیا تھا

Además, la espalda era más elástica de lo que Gregor había pensado.

اس کے علاوہ پیٹھ گریگور کے خیال سے کہیں زیادہ لچکدار تھی۔

De ahí el sonido sordo no tan perceptible

لہٰذا یہ اتنی قابل ذکر بے حس آواز نہیں ہے۔

Sólo que no había sujetado la cabeza con suficiente cuidado y la había golpeado.

صرف اس نے اپنے سر کو اتنی احتیاط سے نہیں پکڑا تھا اور اسے مارا تھا۔

Giró la cabeza y la frotó contra la alfombra con ira y dolor.

اس نے اپنا سر موڑا اور غصے اور درد میں اسے قالین پر رگڑا۔

«Algo cayó allí», dijo el gerente en la habitación contigua a la izquierda.

"وہاں کچھ گر گیا ہے ، "بائیں طرف والے اگلے کمرے کے مینیجر نے کہا۔

Gregor intentó imaginarse si al jefe de oficina le podría pasar algo parecido a lo que le había sucedido a él hoy.

گریگور نے یہ تصور کرنے کی کوشش کی کہ کیا چیف کلرک کے ساتھ بھی ایسا ہی کچھ ہو سکتا ہے جیسا کہ آج اس کے ساتھ ہوا تھا۔

Había que admitir la posibilidad de esto.

اس کے امکان کو تسلیم کرنا پڑا

Pero como para dar una respuesta cruda a esta pregunta, el jefe de oficina en la habitación contigua dio algunos pasos específicos.

لیکن گویا اس سوال کا کچا جواب دینے کے لیے اگلے کمرے میں موجود چیف کلرک نے چند مخصوص اقدامات اٹھائے۔

y mientras se acercaba a la puerta dejó crujir sus botas de charol

اور جیسے ہی وہ دروازے کے قریب پہنچا تو اس نے اپنے پیٹنٹ چمڑے کے جوتے پھٹنے دیے۔

Desde la habitación contigua a la derecha, la enfermera le susurró a Gregor:

دائیں طرف والے اگلے کمرے سے نرس نے گریگور سے کہا:

»Gregor, el representante autorizado está aquí«

"گریگور، مجاز نمائندہ یہاں ہے "

Lo sé, se dijo Gregor.

میں جانتا ہوں، گریگور نے اپنے آپ سے کہا

Pero no se atrevió a levantar la voz lo suficientemente fuerte para que su hermana lo oyera.

لیکن اس نے اتنی اونچی آواز بلند کرنے کی ہمت نہیں کی کہ اس کی بہن سن سکے۔

-Gregor -dijo el padre desde la habitación contigua a la izquierda.

"گریگور، "بائیں طرف والے اگلے کمرے سے باپ نے کہا۔

»El gerente vino y le preguntó por qué no había salido en el tren temprano.»

"منیجر نے آکر پوچھا کہ آپ جلدی ٹرین پر کیوں نہیں چلے گئے "

No sabemos qué decirle.

ہم نہیں جانتے کہ اس سے کیا کہنا ہے

»Por cierto, también quiere hablar contigo personalmente«

"ویسے، وہ آپ سے ذاتی طور پر بھی بات کرنا چاہتا ہے "

»Entonces por favor abre la puerta«

"تو براہ مہربانی دروازہ کھول دیں۔"

«Tendrá la amabilidad de disculpar el desorden en la habitación».

"وہ کمرے میں گڑبڑ کو معاف کرنے کے لئے کافی مہربان ہوگا"

-Buenos días, señor Samsa-gritó amablemente el gerente.

"صبح بخیر، جناب سمسا، "منیجر نے دوستانہ انداز میں پکارا۔

No se encuentra bien, le dijo la madre al gerente, mientras el padre seguía hablando en la puerta.

اس کی طبیعت ٹھیک نہیں ہے، ماں نے منیجر سے کہا، جبکہ والد ابھی

بھی دروازے پر بات کر رہا تھا۔

-No se encuentra bien, créame, señor gerente.

"وہ ٹھیک نہیں ہے، میرا یقین کرو، مسٹر منیجر"

«¿De qué otra manera Gregor perdería un tren?»

"بصورت دیگر گریگور ٹرین سے کیسے محروم ہو جائے گا؟"

»El chico no tiene nada en la cabeza excepto negocios«

"لڑکے کے ذہن میں کاروبار کے سوا کچھ نہیں ہے"

»Casi me molesta que nunca salga por las noches«

"میں تقریبا ناراض ہوں کہ وہ شام کو کبھی باہر نہیں جاتا ہے"

»Estuvo en la ciudad ocho días, pero todas las noches estaba en casa«

"وہ آٹھ دنوں تک شہر میں رہا، لیکن وہ ہر شام گھر پر رہتا تھا۔

»Se sienta en nuestra mesa y lee el periódico o estudia los horarios«

"وہ ہماری میز پر بیٹھ کر اخبار پڑھتا ہے یا مطالعہ کا ٹائم ٹیبل پڑھتا ہے"

»Es una gran distracción para él cuando está ocupado con el trabajo de la sierra de marquetería«

"جب وہ پریشان کن کام میں مصروف ہوتا ہے تو یہ اس کے لئے کافی توجہ ہٹانے والا ہوتا ہے"

»Por ejemplo, talló un pequeño marco para cuadros en el transcurso de dos o tres tardes«

"مثال کے طور پر، انہوں نے دو یا تین شاموں کے دوران ایک چھوٹا سا تصویری فریم بنایا۔

«Te sorprenderá lo bonito que es el marco».

"آپ حیران ہوں گے کہ فریم کتنا خوبصورت ہے"

»El marco está colgado en la habitación«

"فریم کمرے میں لٹکا ہوا ہے"

»Verás el marco de la foto tan pronto como Gregor abra la puerta«

"جیسے ہی گریگور دروازہ کھولے گا آپ کو تصویر کا فریم نظر آئے گا"

»Por cierto, me alegro de que esté aquí, señor Prokurist«

"ویسے، مجھے خوشی ہے کہ آپ یہاں ہیں، مسٹر پروکورسٹ"۔

«Nosotros solos no hubiéramos conseguido que Gregor abriera la puerta»

"ہم اکیلے گریگور کو دروازہ کھولنے پر مجبور نہیں کر سکتے تھے"

"Él es tan terco"

"وہ بہت ضدی ہے"

y ciertamente no se encuentra bien, aunque lo negó por la mañana

اور یقیناً وہ ٹھیک نہیں ہے، حالانکہ اس نے صبح اس کا انکار کیا تھا

Estaré allí enseguida, dijo Gregor lenta y deliberadamente.

میں وہیں رہوں گا، گریگور نے آہستہ سے اور جان بوجھ کر کہا

Pero no se movió, para no perder ni una palabra de la conversación.

لیکن وہ حرکت نہیں کرتا تھا، تاکہ گفتگو کا ایک لفظ بھی ضائع نہ ہو۔

No puedo explicarlo de otra manera, señora, dijo el jefe de oficina.

میں اس کی وضاحت کسی اور طریقے سے نہیں کر سکتا، میڈم، چیف کلرک نے کہا۔

«Espero que no sea nada grave».

"امید ہے کہ یہ کچھ بھی سنجیدہ نہیں ہے"

»Aunque por otro lado debo decir que nosotros los empresarios muy a menudo tenemos que superar una pequeña incomodidad por motivos laborales.«

"اگرچہ دوسری طرف میں یہ ضرور کہوں گا کہ ہم کاروباری افراد کو اکثر کاروباری وجوہات کی بنا پر تھوڑی سی پریشانی پر قابو پانا پڑتا ہے۔

-Entonces, ¿puede entrar ya el jefe de oficina? -preguntó el padre impaciente y volvió a llamar a la puerta.

"تو کیا اب چیف کلرک اندر آ سکتا ہے؟" بے چین باپ نے پوچھا اور دوبارہ دروازہ کھٹکھٹایا۔

-No, -dijo Gregor.

"نہیں۔" گریگور نے کہا۔

Un silencio incómodo cayó en la habitación contigua a la izquierda.

بائیں طرف والے کمرے میں ایک عجیب سی خاموشی چھا گئی۔

En la habitación de al lado, a la derecha, la hermana comenzó a sollozar.

دائیں طرف والے اگلے کمرے میں بہن نے رونا شروع کر دیا۔

¿Por qué la hermana no fue con los demás?

بہن دوسروں کے پاس کیوں نہیں گئی؟

Probablemente acababa de levantarse de la cama y ni
siquiera había comenzado a vestirse.

وہ شاید ابھی بستر سے باہر آئی تھی اور اس نے کپڑے پہننا بھی شروع
نہیں کیا تھا۔

¿Y por qué lloraba?

وہ کیوں رو رہی تھی؟

¿Porque no se levantó y dejó entrar al gerente?

کیونکہ اس نے اٹھ کر منیجر کو اندر نہیں جانے دیا؟

¿Porque estaba en peligro de perder su trabajo?

کیونکہ اسے اپنی نوکری کھونے کا خطرہ تھا؟

¿Y porque entonces el jefe vendría otra vez a por los padres
con las mismas viejas exigencias?

اور اس لیے کہ پھر باس وہی پرانے مطالبات لے کر دوبارہ والدین کے
پیچھے آئے گا؟

Probablemente eran preocupaciones innecesarias por el
momento.

یہ شاید اس وقت کے لئے غیر ضروری خدشات تھے

Gregor todavía estaba aquí y no tenía intención de dejar a su
familia.

گریگور ابھی بھی یہاں تھا اور اس کا اپنے خاندان کو چھوڑنے کا کوئی
ارادہ نہیں تھا۔

En ese momento probablemente estaba acostado allí sobre la
alfombra.

اس وقت شاید وہ وہاں قالین پر لیٹا ہوا تھا۔

Nadie que conociera su condición le habría pedido
seriamente que dejara entrar al gerente.

کوئی بھی جو اس کی حالت کو جانتا تھا اس نے سنجیدگی سے اس سے
مینیجر کو اندر جانے دینے کے لئے نہیں کہا ہوگا۔

Pero debido a esta pequeña grosería, para la que más tarde
se podría encontrar fácilmente una excusa adecuada, Gregor
no pudo ser despedido inmediatamente.

لیکن اس اس چھوٹی سی بدتمیزی کی وجہ سے ، جس کے لئے بعد میں
آسانی سے اسے کوئی مناسب بہانہ مل سکتا تھا ، گریگور کو فوری طور پر
نہیں بھیجا جا سکا۔

Y Gregorio pensó que sería mucho más sensato dejarlo solo
ahora, en lugar de molestarlo con llantos y conversaciones.

اور گریگور نے سوچا کہ اسے رونے اور بات کرنے سے پریشان

کرنے کے بجائے اب اسے اکیلا چھوڑ دینا زیادہ عقلمندی ہوگی۔

Pero fue precisamente la incertidumbre la que oprimía a los demás y excusaba su comportamiento.

لیکن یہ بالکل غیر یقینی صورتحال تھی جس نے دوسروں پر ظلم کیا اور ان کے طرز عمل کو معاف کر دیا۔

—Señor Samsa —gritó el gerente en voz alta—, ¿qué sucede?

"مسٹر سامسا، "مینیجر نے اونچی آواز میں پکارا،" یہ کیا ہو رہا ہے؟"

»Te atrincheras en tu habitación«

"آپ اپنے کمرے میں خود کو بند کر رہے ہیں"

»Respondes sólo con sí y no«

"آپ صرف ہاں اور نہیں کے ساتھ جواب دیتے ہیں"

»Estás causando a tus padres preocupaciones serias e innecesarias«

"آپ اپنے والدین کو سنگین، غیر ضروری پریشانیوں کا سبب بن رہے ہیں"

»y descuidas –por decirlo de paso– tus obligaciones laborales de una manera verdaderamente inaudita«

"اور آپ اپنے کاروباری فرائض کو نظر انداز کرتے ہیں – صرف اس کا ذکر کرتے ہوئے – واقعی غیر معمولی طریقے سے –"

Hablo aquí en nombre de tus padres y de tu jefe y te pido muy seriamente una explicación inmediata y clara.

میں یہاں آپ کے والدین اور آپ کے باس کی طرف سے بات کرتا ہوں اور آپ سے فوری، واضح وضاحت کے لئے بہت سنجیدگی سے پوچھتا ہوں۔

Me sorprende... Creí que te conocía como una persona tranquila y razonable.

میں حیران ہوں ... میں نے سوچا کہ میں آپ کو ایک پرسکون، معقول شخص کے طور پر جانتا ہوں.

»Y ahora de repente parece que quieres empezar a desfilar con estados de ánimo extraños«

"اور اب آپ اچانک عجیب موڈ کے ساتھ چلنا شروع کرنا چاہتے ہیں"

"El jefe me sugirió esta mañana una posible explicación a su fracaso".

"باس نے آج صبح مجھے آپ کی ناکامی کی ممکنہ وضاحت تجویز کی۔

»Se trataba de la gestión de cobro de deudas que recientemente le habían sido encomendadas«

"اس کا تعلق قرضوں کی وصولی سے ہے جو حال ہی میں آپ کو
سونپا گیا تھا"

Pero realmente casi di mi palabra de honor de que esta
explicación no podía ser correcta.

لیکن میں نے واقعی اپنے احترام کا لفظ دیا کہ یہ وضاحت درست نہیں
ہوسکتی ہے۔

"Pero ahora veo tu incomprensible terquedad."

"لیکن اب مجھے تمہاری ناقابل فہم ضد نظر آتی ہے۔-"

»Y pierdo por completo todo deseo de hacer algo por ti«

"اور میں آپ کے لئے کچھ بھی کرنے کی تمام خواہش کو مکمل طور
پر کھو دیتا ہوں"

»Y tu posición no es en absoluto la más estable«

"اور آپ کی پوزیشن کسی بھی طرح سے سب سے مستحکم نہیں ہے"

Originalmente tenía la intención de contarte todo esto en
privado.

میں نے اصل میں آپ کو یہ سب نجی طور پر بتانے کا ارادہ کیا تھا

Pero ya que me estás haciendo perder el tiempo aquí, no sé
por qué tus padres no deberían saberlo también.

لیکن چونکہ آپ مجھے یہاں اپنا وقت برباد کرنے پر مجبور کر رہے
ہیں، مجھے نہیں معلوم کہ آپ کے والدین کو بھی اس کے بارے میں
کیوں نہیں جاننا چاہئے۔

»Su desempeño últimamente ha sido muy insatisfactorio«

"حال ہی میں آپ کی کارکردگی بہت غیر تسلی بخش رہی ہے"

«No es temporada para hacer muchos negocios, lo
reconocemos»

"یہ بہت زیادہ کاروبار کرنے کا موسم نہیں ہے، ہم اس بات کو تسلیم
کرتے ہیں"

»Pero no existe temporada para no cerrar negocios, señor
Samsa«

"لیکن کسی بھی کاروباری سودے کو بند نہ کرنے کے موسم جیسی
کوئی چیز نہیں ہے، مسٹر سامسا"

»No debe haber una temporada en la que no se hagan
negocios«

"ایسا موسم نہیں ہونا چاہئے جس میں کوئی کاروبار نہ کیا جائے"

-Pero señor Prokurist -gritó Gregor fuera de sí-.

"لیکن مسٹر پروکورسٹ، "گریگور نے اپنے بغل میں چیخ کر کہا۔

Y en la emoción se olvidó de todo lo demás.

اور جوش و خروش میں وہ سب کچھ بھول گیا

«Lo abriré ahora mismo, ahora mismo«

"میں اسے فورا کھول دوں گا، ابھی"

»Una ligera sensación de malestar, un mareo, me impidió
levantarme«

"بے چینی کا ہلکا سا احساس، چکر آنے والے جادو نے مجھے اٹھنے
سے روک دیا"

»Sigo acostado en la cama«

"میں ابھی بھی بستر پر لیٹا ہوا ہوں"

«Ahora me siento fresco de nuevo«

"اب میں ایک بار پھر تروتازہ محسوس کر رہا ہوں"

"Me estoy levantando de la cama"

"میں ابھی بستر سے باہر نکل رہا ہوں"

»¡Un momento de paciencia!«

!"بس ایک لمحے کا صبر"

«No va tan bien como pensaba«

"یہ اتنا اچھا نہیں چل رہا ہے جتنا میں نے سوچا تھا"

«Pero estoy bien«

"لیکن میں ٹھیک ہوں۔"

«¿Cómo le puede pasar esto a una persona así?«

"اس طرح کے شخص کے ساتھ ایسا کیسے ہو سکتا ہے؟"

«Anoche estuve bien, mis padres lo saben«

"میں کل رات ٹھیک تھا، میرے والدین جانتے ہیں"

»O tal vez tuve una pequeña premonición anoche«

"یا شاید میں نے کل رات ایک چھوٹی سی پیش گوئی کی تھی"

«Deberían haber visto cómo me sentía«

"انہیں دیکھنا چاہئے تھا کہ میں کیسا محسوس کر رہا ہوں"

»¿Por qué no lo informé en la oficina?«

"میں نے دفتر میں اس کی اطلاع کیوں نہیں دی؟"

Pero siempre piensas que vencerás la enfermedad sin
quedarte en casa.

لیکن آپ ہمیشہ سوچتے ہیں کہ آپ گھر پر رہے بغیر بیماری کو شکست
دے دیں گے۔

«¡Señor gerente! ¡Libere a mis padres de estas acusaciones!«

! "جناب منیجر !میرے والدین کو ان الزامات سے بچالو"

»No hay razón para todas las acusaciones que estás haciendo contra mí ahora«

"اب آپ مجھ پر جو الزامات لگا رہے ہیں ان کی کوئی وجہ نہیں ہے"

«No me han dicho ni una palabra sobre esto«

"مجھے اس کے بارے میں ایک لفظ بھی نہیں بتایا گیا ہے"

Puede que no hayas leído los últimos pedidos que envié

آپ نے شاید میرے بھیجے گئے آخری احکامات نہیں پڑھے ہوں گے

»Por cierto, todavía estoy viajando en el tren de las ocho.«

"ویسے، میں ابھی بھی آٹھ بجے کی ٹرین میں سفر کر رہا ہوں"

«Las pocas horas de descanso me han fortalecido«

"چند گھنٹوں کے آرام نے مجھے مضبوط کیا ہے"

«No se contenga, señor gerente«

"پیچھے مت ہٹیں، جناب منیجر"

"Estaré en la oficina pronto"

"میں جلد ہی خود دفتر میں رہوں گا"

»¡Y por favor, sea tan amable de decirlo y recomendarme al jefe!«

"اور برائے مہربانی اتنی مہربانی سے کہو کہ ایسا کہو اور مجھے باس کو سفارش کرو"!

Y mientras Gregorio decía todo esto apresuradamente y sin saber apenas lo que decía, se acercó al palco.

اور جب گریگور نے یہ سب جلدی سے کہا اور شاید ہی اسے معلوم تھا کہ وہ کیا کہہ رہا ہے ، وہ باکس کے قریب پہنچ گیا۔

y trató de ponerse de pie sobre la caja

اور اس نے ڈبے پر کھڑے ہونے کی کوشش کی

En realidad quería abrir la puerta.

وہ دراصل دروازہ کھولنا چاہتا تھا

En realidad quería ser visto y hablar con el representante autorizado.

وہ اصل میں مجاز نمائندے کو دیکھنا اور بات کرنا چاہتا تھا

Estaba ansioso por saber qué dirían los demás, que ahora lo añoraban tanto, cuando lo vieran.

وہ یہ جاننے کے لیے بے چین تھا کہ دوسرے لوگ، جو اب اس کے لیے بہت ترس رہے ہیں، اسے دیکھ کر کیا کہیں گے۔

Si tuvieran miedo, Gregor ya no tendría ninguna responsabilidad y podría estar tranquilo.

اگر وہ خوفزدہ ہوتے تو گریگور کی کوئی ذمہ داری نہیں ہوتی اور وہ

پرسکون رہ سکتا تھا۔

Pero si aceptaran todo con calma, entonces no tendría por qué enojarse.

لیکن اگر انہوں نے سب کچھ پرسکون طریقے سے قبول کر لیا تو اس کے پاس پریشان ہونے کی کوئی وجہ نہیں ہوگی۔

Entonces, si se daba prisa, podría llegar a la estación a las ocho en punto.

پھر، اگر وہ جلدی کرتا، تو وہ واقعی آٹھ بجے اسٹیشن پر پہنچ سکتا تھا .

Primero se resbaló varias veces de la caja lisa.

پہلے وہ ہموار باکس سے کئی بار پھسل گیا۔

Pero finalmente se dio un último empujón y se puso de pie.

لیکن آخر کار اس نے اپنے آپ کو ایک آخری دھکا دیا اور سیدھا کھڑا ہو گیا۔

Ya no le prestaba atención al dolor en el abdomen, por mucho que le ardiera.

اس نے اب اپنے پیٹ کے درد پر کوئی توجہ نہیں دی، چاہے وہ کتنا ہی جل جائے۔

Ahora se dejó caer contra el respaldo de una silla cercana, agarrándose a los bordes con sus pequeñas piernas.

اب اس نے اپنے آپ کو قریب کی کرسی کی پشت پر گرنے دیا، اپنی چھوٹی ٹانگوں سے کناروں کو تھام لیا۔

Pero también había ganado control sobre sí mismo y se quedó en silencio.

لیکن اس نے خود پر بھی قابو پا لیا تھا اور خاموش ہو گیا تھا۔

porque ahora podía escuchar al representante autorizado

کیونکہ اب وہ مجاز نمائندے کی بات سن سکتا تھا۔

«¿Entendieron una sola palabra?», preguntó el director a los padres.

"کیا آپ کو ایک لفظ بھی سمجھ میں آیا؟ "منیجر نے والدین سے پوچھا۔

«No se está burlando de nosotros, ¿verdad?»

"وہ ہمیں بیوقوف نہیں بنا رہا، ہے نا؟"

¡Por Dios!, gritó la madre, ya llorando.

خدا کے واسطے، ماں نے روتے ہوئے کہا، پہلے ہی رو رہی تھی۔

«Puede que esté gravemente enfermo y lo estemos atormentando»

"ہو سکتا ہے کہ وہ شدید بیمار ہو اور ہم اسے اذیت دے رہے ہوں۔"

«¡Grete! ¡Grete!», gritó.

"گریٹ !گریٹ "!وہ چیخی۔

«¿Madre?», llamó la hermana desde el otro lado.

"ماں؟ "دوسری طرف سے بہن کو پکارا۔

Se comunicaron a través de la habitación de Gregor.

انہوں نے گریگور کے کمرے سے بات چیت کی

Tienes que ir al médico inmediatamente. Gregor está enfermo.

آپ کو فوری طور پر ڈاکٹر کے پاس جانا ہوگا. گریگور بیمار ہے.

¿Has oído a Gregor hablar ahora?

"کیا تم نے گریگور کو اب بات کرتے ہوئے سنا ہے ؟"

Esa era una voz de animal, dijo el gerente, notablemente tranquila en comparación con los gritos de la madre.

مینیجر نے کہا کہ یہ ایک جانوروں کی آواز تھی، جو ماں کی چیخوں کے مقابلے میں غیر معمولی طور پر خاموش تھی۔

—¡Anna! ¡Anna! —gritó el padre desde la antesala hacia la cocina y dio una palmada.

"اینا !انا "!والد نے کمرے سے باورچی خانے میں بلایا اور اپنے ہاتھوں سے تالیاں بجائیں۔

»¡Consiga un cerrajero inmediatamente!«

"فوری طور پر ایک تالا پکڑو"!

Y las dos muchachas corrieron por la antesala con sus faldas susurrando.

اور دونوں لڑکیاں اپنی سکرٹس زنگ آلود کر کے کمرے میں دوڑتی رہیں۔

¿Cómo se vistió la hermana tan rápido?

بہن نے اتنی جلدی کپڑے کیسے پہن لیے؟

y abrieron la puerta del apartamento

اور انہوں نے اپارٹمنٹ کا دروازہ کھول دیا

Ni siquiera escuchaste el portazo

آپ نے دروازے کی گھنٹی بھی نہیں سنی

Probablemente habían dejado la puerta abierta, como suele ocurrir en los hogares donde ha ocurrido una gran desgracia.

انہوں نے شاید دروازہ کھلا چھوڑ دیا تھا ، جیسا کہ عام طور پر ان گھروں میں ہوتا ہے جہاں ایک بڑی بدقسمتی واقع ہوئی ہے۔

Pero Gregor se había vuelto mucho más tranquilo.

لیکن گریگور بہت پرسکون ہو گیا تھا

Sus palabras ya no se entendían, aunque le habían parecido bastante claras, más claras que antes.

اس کے الفاظ اب سمجھ میں نہیں آ رہے تھے ، حالانکہ وہ اسے پہلے سے کہیں زیادہ واضح اور واضح لگ رہے تھے۔

Quizás debido a que se acostumbró a sus oídos.

شاید اس کی وجہ یہ ہے کہ وہ اپنے کانوں کا عادی ہو گیا ہے

Pero al menos ahora la gente creía que había algo mal con él y estaban dispuestos a ayudarlo.

لیکن کم از کم اب لوگوں کو یقین تھا کہ اس کے ساتھ کچھ غلط ہے اور وہ اس کی مدد کرنے کے لئے تیار تھے۔

La confianza y seguridad con que se habían hecho los primeros arreglos le hicieron bien.

جس اعتماد اور حفاظت کے ساتھ پہلے انتظامات کیے گئے تھے اس نے اس کا بھلا کیا۔

Se sintió incluido nuevamente en el círculo humano.

وہ ایک بار پھر انسانی دائرے میں شامل محسوس کرتا تھا

y esperaba grandes y sorprendentes logros tanto del médico como del cerrajero

اور اسے ڈاکٹر اور تالے دار دونوں سے عظیم اور حیرت انگیز کامیابیوں کی امید تھی۔

Para poder hablar con la mayor claridad posible en las reuniones cruciales que se avecinaban, tosió un poco.

قریب آنے والی اہم میٹنگوں کے لئے زیادہ سے زیادہ واضح آواز حاصل کرنے کے لئے، انہوں نے تھوڑا سا کھانسی کی۔

Sin embargo, intentó toser muy silenciosamente.

تاہم، اس نے بہت خاموشی سے کھانسنے کی کوشش کی

Porque este ruido puede haber sonado diferente a una tos humana.

کیونکہ یہ شور انسانی کھانسی سے مختلف لگ سکتا ہے

Esto ya no se atrevía a decidirlo por sí mismo.

اب اس نے خود فیصلہ کرنے کی ہمت نہیں کی

En la habitación contigua reinaba un completo silencio.

اگلے کمرے میں یہ بالکل خاموش ہو گیا تھا

Quizás los padres estaban sentados a la mesa con el gerente y susurraban.

شاید والدین منیجر کے ساتھ میز پر بیٹھے تھے اور سرگوشی کر رہے

تھے۔

Tal vez todos estaban apoyados en la puerta y escuchando.

شاید ہر کوئی دروازے پر جھک کر سن رہا تھا

Gregor empujó lentamente la silla hacia la puerta y la soltó.

گریگور نے آہستہ آہستہ کرسی کو دروازے کی طرف دھکیلا اور اسے جانے دیا۔

Se arrojó contra la puerta y se mantuvo en pie.

اس نے اپنے آپ کو دروازے پر پھینک دیا اور اپنے آپ کو سیدھا پکڑ لیا

Las almohadillas de sus piernas tenían un poco de pegamento.

اس کی ٹانگوں کے پیڈ میں ایک چھوٹا سا گوند تھا

y descansó allí por un momento del esfuerzo

اور اس نے مشقت سے ایک لمحے کے لئے وہاں آرام کیا۔

Pero luego empezó a girar la llave en la cerradura con la boca.

لیکن پھر اس نے اپنے منہ سے اپنے تالے میں چابی گھمانا شروع کر دی۔

Desafortunadamente, parecía que no tenía dientes reales.

بدقسمتی سے ، ایسا لگتا تھا کہ اس کے اصل دانت نہیں تھے۔

¿Cómo debería agarrar la llave?

اسے چابی کیسے پکڑنی چاہیے؟

Pero las mandíbulas eran, por supuesto, muy fuertes.

لیکن جبڑے یقینا بہت مضبوط تھے

Con la ayuda de sus mandíbulas realmente consiguió mover la llave.

اپنے جبڑوں کی مدد سے اسے واقعی چابی حرکت میں آگئی

y no le importaba que sin duda se estaba causando algún daño

اور اسے اس بات کی پرواہ نہیں تھی کہ وہ بلا شبہ اپنے آپ کو کچھ نقصان پہنچا رہا ہے

porque un líquido marrón salió de su boca, fluyó sobre la llave y goteó al suelo

کیونکہ اس کے منہ سے ایک بھورا مائع نکلا، چابی کے اوپر سے بہہ کر فرش پر گر گیا۔

"Escuche", dijo el gerente en la habitación de al lado, "está girando la llave".

بس سنو، اگلے کمرے میں مینیجر نے کہا،" وہ چابی موڑ رہا ہے۔

Esto fue un gran estímulo para Gregor.

یہ گریگور کے لئے ایک بہت بڑی حوصلہ افزائی تھی

Pero todos deberían haberlo llamado, incluso su padre y su madre:

لیکن ہر کسی کو اس کو پکارنا چاہئے تھا، بشمول اس کے والد اور ماں:

«¡Bien, Gregor!», deberían haber gritado.

"اچھا، گریگور، "انہیں چیخنا چاہیے تھا۔

»¡Sigue, sigue girando esa llave!«

"چلتے رہو، اس کلید کو موڑتے رہو"!

E imaginando que todos observaban con emoción sus esfuerzos, apretó sin sentido los dientes sobre la tecla con toda la fuerza que pudo reunir.

اور، یہ تصور کرتے ہوئے کہ ہر کوئی جوش و خروش کے ساتھ اس کی کوششوں کو دیکھ رہا ہے، اس نے اپنی پوری طاقت کے ساتھ چابی پر اپنے دانت دبا ئے۔

Mientras la llave seguía girando, bailaba alrededor de la cerradura.

جیسے جیسے چابی مڑتی رہی، اس نے تالے کے ارد گرد رقص کیا۔

Ahora sólo se sostenía con la boca.

اب وہ صرف اپنے منہ سے اپنے آپ کو تھامے ہوئے تھا

y dependiendo de la necesidad, sostenía la llave o la volvía a presionar con todo el peso de su cuerpo.

اور ضرورت کے مطابق، اس نے چابی پر لٹکا دیا یا اپنے پورے جسم کے وزن کے ساتھ اسے دوبارہ دبا دیا۔

El sonido más brillante de la cerradura finalmente al abrirse despertó a Gregor.

آخر کار تالے کے ٹوٹنے کی تیز آواز نے گریگور کو بیدار کر دیا۔

Con un suspiro de alivio, se dijo: "Entonces no necesitaba al cerrajero".

سکون کی سانس لیتے ہوئے اس نے اپنے آپ سے کہا" :اس لیے مجھے تالے کی ضرورت نہیں تھی۔

y puso su cabeza en el picaporte para abrir la puerta completamente

اور اس نے دروازہ مکمل طور پر کھولنے کے لئے ہینڈل پر اپنا سر

رکھا۔

Como tenía que abrir la puerta de esta manera, en realidad ya estaba bastante abierta y él mismo aún no podía ser visto.

چونکہ اسے اس طرح سے دروازہ کھولنا تھا ، لہٰذا یہ اصل میں پہلے سے ہی کافی کھلا ہوا تھا اور وہ خود ابھی تک نظر نہیں آ رہا تھا۔

Tuvo que girar lentamente alrededor de una de las hojas de la puerta, con mucho cuidado.

اسے آہستہ آہستہ دروازے کے پروں میں سے ایک کو بہت احتیاط سے موڑنا پڑا۔

Si no quería caer torpemente de espaldas antes de entrar a la habitación.

اگر وہ کمرے میں داخل ہونے سے پہلے اپنی پیٹھ کے بل گرنا نہیں چاہتا تھا

Todavía estaba ocupado con ese difícil movimiento.

وہ ابھی تک اس مشکل تحریک میں مصروف تھا۔

y no tuvo tiempo de prestar atención a nada más

اور اس کے پاس کسی اور چیز پر توجہ دینے کا وقت نہیں تھا۔

Entonces oyó al jefe de oficina pronunciar un fuerte "¡Oh!".

اس کے بعد اس نے چیف کلرک کو اونچی آواز میں "اوہ!" کہتے ہوئے سنا۔

Sonaba como si el viento soplara a través de la casa.

ایسا لگ رہا تھا جیسے ہوا گھر سے گزر رہی ہو

Y ahora lo vio también, mientras él, que estaba más cerca de la puerta, presionaba su mano contra su boca abierta.

اور اب اس نے اسے بھی دیکھا، کیونکہ وہ، جو دروازے کے قریب تھا، اس نے اپنا ہاتھ اپنے کھلے منہ پر دبایا۔

Y lentamente retrocedió, como si una fuerza invisible que actuaba de manera constante lo estuviera alejando.

اور آہستہ آہستہ وہ پیچھے ہٹ گیا، جیسے کوئی پوشیدہ، مستقل طور پر کام کرنے والی قوت اسے بھگا رہی ہو۔

A pesar de la presencia del jefe de oficina, la madre estaba allí con el pelo todavía despeinado y erizado desde la noche anterior.

چیف کلرک کی موجودگی کے باوجود، ماں یہاں اپنے بالوں کو اب بھی بے ترتیب اور پچھلی رات سے آخر میں کھڑی تھی۔

Primero miró a su padre con las manos juntas.

اس نے سب سے پہلے اپنے والد کو ہاتھ جوڑ کر دیکھا

Luego dio dos pasos hacia Gregor.

اس کے بعد اس نے گریگور کی طرف دو قدم بڑھائے۔

y ella cayó en medio de sus faldas extendiéndose alrededor de su

اور وہ اپنے ارد گرد پھیلے ہوئے اسکرٹس کے بیچ میں گر گئی۔

Su rostro estaba completamente oculto a la vista y hundido hasta el pecho.

اس کا چہرہ مکمل طور پر نظروں سے چھپا ہوا تھا اور اس کے سینے میں ڈوب گیا تھا۔

El padre apretó el puño con expresión hostil.

باپ نے مخالفانہ تاثرات کے ساتھ اپنی مٹھی بھینچ لی

Como si quisiera empujar a Gregor de nuevo a su habitación.

گویا وہ گریگور کو واپس اپنے کمرے میں دھکیلنا چاہتا تھا

Luego miró con incertidumbre alrededor de la sala de estar.

اس کے بعد اس نے کمرے کے ارد گرد غیر یقینی طور پر دیکھا۔

Luego se cubrió los ojos con las manos y lloró hasta que su poderoso pecho se estremeció.

اس کے بعد اس نے اپنے ہاتھوں سے اپنی آنکھوں کو سایہ دیا اور اس وقت تک روتا رہا جب تک کہ اس کا طاقتور سینہ کانپ نہ گیا۔

Gregor no entró en la habitación, sino que se apoyó desde dentro contra la puerta cerrada.

گریگور بالکل بھی کمرے میں داخل نہیں ہوا، لیکن اندر سے بند دروازے کے سامنے جھک گیا۔

de modo que sólo se podía ver la mitad de su cuerpo y por encima de él su cabeza inclinada hacia un lado

تاکہ اس کے جسم کا صرف آدھا حصہ اور اس کے اوپر اس کا جھکا ہوا سر دیکھا جا سکے۔

Mientras tanto se había vuelto mucho más brillante.

اس دوران یہ بہت زیادہ روشن ہو گیا تھا

Claramente al otro lado de la calle había una sección del interminable hospital gris-negro de enfrente.

واضح طور پر سڑک کے دوسری طرف اس کے سامنے لامتناہی، سرمئی سیاہ اسپتال کا ایک حصہ تھا۔

La lluvia seguía cayendo, pero sólo gotas grandes, visibles individualmente.

بارش اب بھی گر رہی تھی، لیکن صرف بڑے، انفرادی طور پر نظر آنے والے قطروں کے ساتھ

Los platos del desayuno estaban en la mesa en abundancia.

ناشتے کے پکوان میز پر وافر مقدار میں رکھے ہوئے تھے۔

Porque para el padre el desayuno era la comida más importante del día.

کیونکہ والد کے لئے ناشتہ دن کا سب سے اہم کھانا تھا۔

Una comida que se prolongó durante horas mientras leía varios periódicos.

ایک ایسا کھانا جسے وہ مختلف اخبارات پڑھتے ہوئے گھنٹوں تک باہر نکالتے رہے۔

Justo en la pared opuesta colgaba una fotografía de Gregor de su época militar.

بالکل دوسری دیوار پر گریگور کی ایک تصویر لٹکی ہوئی تھی جو اس کے فوجی دور کی تھی۔

La fotografía que lo mostraba como teniente

وہ تصویر جس میں اسے لیفٹیننٹ کے طور پر دکھایا گیا تھا

Cómo él, con la mano en la espada, sonriendo despreocupadamente, exigía respeto por su postura y su uniforme.

کس طرح وہ اپنی تلوار پر ہاتھ رکھ کر بے پرواہ مسکراتے ہوئے اپنے انداز اور وردی کا احترام کرنے کا مطالبہ کر رہے تھے۔

La puerta de la antesala estaba abierta.

کمرے کا دروازہ کھلا ہوا تھا

Y como la puerta del apartamento también estaba abierta, se podía ver el patio delantero del apartamento.

اور چونکہ اپارٹمنٹ کا دروازہ بھی کھلا ہوا تھا ، لہذا کوئی بھی اپارٹمنٹ کے پیش منظر کو دیکھ سکتا تھا۔

y al principio se podían ver las escaleras que conducían hacia abajo

اور شروع میں آپ نیچے جانے والی سیڑھیوں کو دیکھ سکتے تھے۔

Bueno, dijo Gregor, consciente de que era el único que había mantenido la calma.

گریگور نے کہا، اچھی طرح جانتا تھا کہ وہ واحد شخص تھا جس نے پرسکون رکھا تھا

»Me voy a vestir, recoger la colección y salir«

"میں کپڑے پہنوں گا، مجموعہ پیک کروں گا اور چلا جاؤں گا"

¿Quieres... quieres dejarme ir?

کیا تم ...کیا آپ مجھے جانے دینا چاہتے ہیں؟

-Bueno, señor Prokurist, verá usted, no soy testaruda y me gusta trabajar.

"ٹھیک ہے، مسٹر پروکورسٹ، آپ دیکھیں، میں ضدی نہیں ہوں اور مجھے کام کرنا پسند ہے"

«Viajar es difícil, pero no podría vivir sin ello»

"سفر کرنا مشکل ہے، لیکن میں اس کے بغیر زندہ نہیں رہ سکتا"

¿Adónde va, señor gerente? ¿A la oficina? ¿Sí?

جناب منیجر، آپ کہاں جا رہے ہیں؟ دفتر میں؟ ہاں؟

»¿Informarás todo con veracidad?

"کیا آپ ہر بات کو سچائی کے ساتھ رپورٹ کریں گے؟"

»Es posible que no puedas trabajar en este momento«

"آپ اس وقت کام کرنے سے قاصر ہوسکتے ہیں"

»Pero entonces es el momento justo para recordar los logros pasados«

"لیکن پھر یہ ماضی کی کامیابیوں کو یاد کرنے کا صحیح وقت ہے"

»Después de eliminar el obstáculo, uno trabaja aún más diligentemente y con mayor concentración«

"رکاوٹ کو دور کرنے کے بعد، انسان اور بھی زیادہ تندہی اور توجہ سے کام کرتا ہے"

"Estoy en deuda con el jefe, lo sabes muy bien".

"میں باس کا بہت مقروض ہوں، آپ یہ اچھی طرح جانتے ہیں".

»Por otro lado, me preocupan mis padres y mi hermana«

"دوسری طرف، میں اپنے والدین اور اپنی بہن کے بارے میں فکر مند ہوں"

«Estoy en una situación difícil, pero voy a salir de ella».

"میں ایک تنگ جگہ پر ہوں، لیکن میں اس سے باہر نکلنے کے لئے اپنا راستہ کام کروں گا".

»Pero no me lo hagas más difícil de lo que ya es«

"لیکن میرے لئے اسے پہلے سے زیادہ مشکل نہ بنائیں"

»¡Quédate a mi lado en los negocios!«

"کاروبار میں میرے ساتھ رہو"!

«No se ama al viajero, lo sé»

"کوئی مسافر سے محبت نہیں کرتا، میں جانتا ہوں"

¿Crees que gana una fortuna y lleva una buena vida?

آپ کو لگتا ہے کہ وہ خوش قسمتی کماتا ہے اور ایک اچھی زندگی گزارتا ہے

»No hay ninguna razón particular para pensar más detenidamente sobre este prejuicio«

"اس تعصب کو زیادہ احتیاط سے سوچنے کی کوئی خاص وجہ نہیں ہے"

—Pero usted, señor oficial autorizado, tiene una mejor visión de la situación que el resto del personal.

"لیکن جناب مجاز افسر، آپ کے پاس دوسرے عملے کے مقابلے میں صورتحال کا بہتر جائزہ ہے۔

»Sí, en confianza tienes una visión mejor que el propio jefe«

"ہاں، اعتماد میں، آپ کے پاس خود باس سے بہتر جائزہ ہے"

»El jefe que, en su calidad de empresario, se deja fácilmente engañar en su juicio en detrimento de un empleado«

"وہ باس جو ایک کاروباری شخصیت کی حیثیت سے آسانی سے اپنے فیصلے کو کسی ملازم کو نقصان پہنچانے کے لئے گمراہ کرنے کی اجازت دیتا ہے"

»También sabéis muy bien que el viajero puede convertirse fácilmente en víctima de habladurías, coincidencias y quejas infundadas«

"آپ یہ بھی اچھی طرح جانتے ہیں کہ مسافر آسانی سے گپ شپ، اتفاقات اور بے بنیاد شکایات کا شکار ہو سکتا ہے"

«Está fuera de actividad casi todo el año»

"وہ تقریبا سارا سال کاروبار سے باہر رہتا ہے"

»Cosas contra las cuales le resulta absolutamente imposible defenderse«

"وہ چیزیں جن کے خلاف اس کے لئے اپنا دفاع کرنا بالکل ناممکن ہے"

»ya que normalmente no oye nada sobre esas cosas«

"کیونکہ وہ عام طور پر ایسی چیزوں کے بارے میں کچھ نہیں سنتا ہے"

»Sólo se entera cuando ha terminado un viaje exhausto«

"اسے صرف اس وقت پتہ چلتا ہے جب وہ تھکا ہوا سفر ختم کر لیتا ہے"

»cuando experimenta en casa las terribles consecuencias,

cuyas causas ya no se pueden comprender«

"جب وہ گھر پر خوفناک نتائج کا تجربہ کرتا ہے، جس کی وجوہات کو مزید سمجھا نہیں جا سکتا ہے "

Señor gerente, no se vaya sin decirme una palabra.

جناب منیجر، مجھ سے ایک لفظ کہے بغیر نہ جائیں۔

»Dime que estás de acuerdo conmigo al menos en parte.«

"مجھے بتائیں کہ آپ کم از کم جزوی طور پر مجھ سے متفق ہیں".

Pero el gerente ya se había dado la vuelta ante las primeras palabras de Gregor.

لیکن منیجر پہلے ہی گریگور کے پہلے الفاظ سے منہ موڑ چکا تھا۔

Y sólo por encima de su hombro tembloroso miró a Gregor con los labios fruncidos.

اور صرف اس کے ہلتے ہوئے کندھے پر اس نے اپنے ہونٹوں کے ساتھ گریگور کی طرف مڑ کر دیکھا۔

Y durante el discurso de Gregor no se detuvo ni un momento.

اور گریگور کی تقریر کے دوران وہ ایک لمحے کے لئے بھی خاموش نہیں رہا۔

Pero retrocedió, sin apartar los ojos de Gregor, hacia la puerta, pero muy lentamente.

لیکن وہ گریگور سے نظریں ہٹائے بغیر دروازے کی طرف پیچھے ہٹ گیا، لیکن آہستہ آہستہ۔

Como si hubiera una prohibición secreta de salir de la habitación.

گویا کمرے سے باہر نکلنے پر کوئی خفیہ پابندی ہو۔

Ya estaba en la antesala, y después de su repentino movimiento uno hubiera pensado que acababa de quemarse la suela del zapato.

وہ پہلے سے ہی کمرے میں تھا، اور اس کی اچانک حرکت کے بعد کسی نے سوچا ہوگا کہ اس نے ابھی اپنے جوتے کا تلو جلا دیا ہے۔

Sin embargo, en la antesala, extendió su mano derecha lejos de él, hacia las escaleras.

تاہم، کمرے میں، اس نے اپنا دایاں ہاتھ اس سے بہت دور سیڑھیوں کی طرف بڑھایا۔

Como si una salvación casi sobrenatural le estuviera esperando allí.

گویا ایک مافوق الفطرت نجات وہاں اس کا انتظار کر رہی تھی

Gregor se dio cuenta de que no podía dejar que el gerente se fuera en ese estado de ánimo.

گریگور کو احساس ہوا کہ وہ اس موڈ میں منیجر کو جانے نہیں دے سکتا

Su posición en el negocio estaba en riesgo

کاروبار میں اس کی پوزیشن خطرے میں تھی

Los padres no entendieron muy bien todo esto.

والدین یہ سب اچھی طرح سے نہیں سمجھتے تھے

Con el paso de los años se habían convencido de que Gregor estaba asegurado en este negocio de por vida.

سالوں کے ساتھ انہیں یقین ہو گیا تھا کہ گریگور کو اس کاروبار میں زندگی بھر کے لئے فراہم کیا گیا تھا۔

y ahora estaban tan ocupados con las preocupaciones del momento que habían perdido toda previsión.

اور اب وہ اس لمحے کی پریشانیوں میں اتنے مصروف تھے کہ وہ تمام دور اندیشی کھو چکے تھے۔

Pero Gregor tuvo esta previsión.

لیکن گریگور کے پاس یہ دور اندیشی تھی

Al representante autorizado había que retenerlo, calmarlo, convencerlo y finalmente convencerlo.

مجاز نمائندے کو پکڑنا، پرسکون کرنا، قائل کرنا اور آخر کار فتح حاصل کرنا پڑا۔

¡El futuro de Gregor y su familia dependía de ello!

گریگور اور اس کے خاندان کا مستقبل اس پر منحصر تھا!

¡Si la hermana hubiera estado aquí! Era inteligente.

کاش بہن یہاں ہوتی !وہ ہوشیار تھا

Ella ya había llorado cuando Gregor todavía estaba acostado tranquilamente de espaldas.

وہ پہلے ہی رو چکی تھی جب گریگور ابھی بھی خاموشی سے اپنی پیٹھ پر لیٹا ہوا تھا۔

Y seguramente el jefe de oficina, esta amiga, se habría dejado guiar por ella.

اور یقینی طور پر چیف کلرک، یہ خاتون دوست، خود کو اس کی رہنمائی میں چلنے دیتا۔

Ella habría cerrado la puerta del apartamento y lo habría convencido de que dejara de tener miedo en la antesala.

وہ اپارٹمنٹ کا دروازہ بند کر دیتی اور کمرے اور اس کے خوف سے
اس سے بات کرتی۔

Pero la hermana no estaba allí, por lo que Gregor tuvo que actuar él mismo.

لیکن بہن وہاں نہیں تھی ، لہذا گریگور کو خود کام کرنا پڑا۔

Y sin pensar que aún no conocía sus habilidades actuales, salió de la puerta.

اور یہ سوچے بغیر کہ وہ ابھی تک اپنی موجودہ صلاحیتوں کو نہیں
جانتا، وہ دروازہ چھوڑ کر چلا گیا۔

Sin siquiera pensar que su discurso podría, de hecho, probablemente, no haber sido comprendido nuevamente.

یہ سوچے بغیر کہ شاید ان کی تقریر شاید دوبارہ سمجھ میں نہ آئی ہو۔

y se empujó a través de la abertura de la habitación.

اور اس نے اپنے آپ کو اپنے کمرے کے دروازے کے اندر دھکیل دیا۔

Quería ir a ver al gerente, que ya se agarraba con ambas manos de la barandilla de la explanada de una manera ridícula.

وہ مینیجر کے پاس جانا چاہتا تھا، جو پہلے ہی مضحکہ خیز انداز میں
دونوں ہاتھوں سے فور کورٹ کی ریلنگ تھامے ہوئے تھا۔

Pero inmediatamente cayó sobre sus muchas patitas con un pequeño grito, buscando algo a lo que agarrarse.

لیکن وہ فوری طور پر اپنی کئی چھوٹی ٹانگوں پر گر گیا اور تھوڑا سا
رونے لگا اور پکڑنے کے لیے کسی چیز کی تلاش میں تھا۔

Tan pronto como esto sucedió, sintió un bienestar físico por primera vez esa mañana.

جیسے ہی ایسا ہوا، اس نے اس صبح پہلی بار جسمانی تندرستی
محسوس کی۔

Las piernas tenían tierra firme debajo de ellas.

ٹانگوں کے نیچے مضبوط زمین تھی

Ellos obedecieron completamente, como él notó para su deleite.

انہوں نے پوری طرح سے اطاعت کی، جیسا کہ اس نے اپنی خوشی
میں دیکھا

Sus piernas incluso se esforzaban por llevarlo a donde quisiera ir.

یہاں تک کہ اس کی ٹانگوں نے اسے جہاں بھی جانا چاہا لے جانے کی

کوشش کی۔

y ya creía que la mejora final de todos los sufrimientos era inminente

اور وہ پہلے ہی یقین کر چکا تھا کہ تمام مصائب کی حتمی اصلاح ناگزیر ہے۔

Pero en ese mismo momento su propia madre saltó.

لیکن اسی لمحے اس کی اپنی ماں نے چھلانگ لگا دی۔

Con los brazos extendidos y los dedos separados, gritó: «¡Socorro, por el amor de Dios, socorro!».

اس کے بازو پھیلے ہوئے تھے، اس کی انگلیاں پھیلی ہوئی تھیں، اس نے پکارا" :خدا کے واسطے مدد کرو"!

Ella inclinó la cabeza como si quisiera ver mejor a Gregor.

اس نے اپنا سر اس طرح جھکایا جیسے وہ گریگور کو بہتر دیکھنا چاہتی ہو۔

Pero ella corrió de regreso, en contradicción con esto, sin sentido.

لیکن وہ اس کے برعکس بے حسی سے پیچھے بھاگ گئی۔

Ella había olvidado que la mesa estaba puesta detrás de ella.

وہ بھول گئی تھی کہ میز اس کے پیچھے رکھی گئی تھی

Cuando llegó a su casa, se sentó apresuradamente en la mesa como si estuviera distraída.

جب وہ اس کی جگہ پہنچی تو وہ جلدی سے میز پر بیٹھ گئی جیسے اس کا دھیان بھٹک گیا ہو۔

y ella no pareció darse cuenta de que el café se estaba derramando de la gran cafetera volcada sobre la alfombra a su lado.

اور ایسا لگتا ہے کہ اس نے اس بات پر دھیان نہیں دیا کہ پلٹے ہوئے بڑے برتن سے کافی اس کے بغل میں قالین پر گر رہی ہے۔

Mamá, mamá, dijo Gregor suavemente y la miró.

ماں، ماں، گریگور نے آہستہ سے کہا اور اس کی طرف دیکھا۔

El oficial autorizado había desaparecido por completo de su mente por un momento.

مجاز افسر ایک لمحے کے لیے اس کے ذہن سے بالکل غائب ہو گیا تھا۔

Por otro lado, no pudo resistirse a chasquear las mandíbulas varias veces al ver el café fluyendo.

دوسری طرف، وہ بہتی ہوئی کافی کو دیکھ کر کئی بار اپنے جبڑے کو

خلا میں کھینچنے سے نہیں روک سکا۔

La madre empezó a llorar de nuevo por esto.

ماں نے اس بارے میں پھر رونا شروع کر دیا

Ella huyó de la mesa y cayó en los brazos de su padre que corría hacia ella.

وہ میز سے بھاگ گئی اور اپنے والد کی گود میں گر گئی جو اس کی طرف بھاگ رہا تھا۔

Pero Gregor ya no tenía tiempo para sus padres.

لیکن گریگور کے پاس اب اپنے والدین کے لئے وقت نہیں تھا

El oficial autorizado ya estaba en las escaleras.

مجاز افسر پہلے ہی سیڑھیوں پر تھا

Con la barbilla apoyada en la barandilla, miró hacia atrás por última vez.

ریلنگ پر اس کی ٹھوڑی، اس نے آخری بار پیچھے مڑ کر دیکھا

Gregor corrió para alcanzarlo lo más seguro posible.

گریگور نے اسے ہر ممکن حد تک محفوظ طریقے سے پکڑنے کے لئے دوڑ لگائی۔

El jefe de oficina debió sospechar algo, porque saltó varios escalones y desapareció.

چیف کلرک کو کچھ شک ہوا ہوگا، کیونکہ وہ کئی قدم وں سے چھلانگ لگا کر غائب ہو گیا تھا۔

«¡Huh!», gritó, y su voz resonó por toda la escalera.

"اوہ !"اس نے چیخ کر کہا، یہ پوری سیڑھیوں میں گونج رہا تھا۔

Desgraciadamente, la huida del directivo también pareció confundir por completo a su padre, que hasta entonces se había mostrado relativamente sereno.

بدقسمتی سے ، مینیجر کے فرار نے اس کے والد کو بھی مکمل طور پر الجھن میں ڈال دیا ، جو اس وقت تک نسبتا پرسکون تھا۔

porque en lugar de correr él mismo tras el escribano jefe o al menos no obstaculizar su persecución, Gregor agarró el bastón del escribano jefe con su mano derecha.

کیونکہ خود چیف کلرک کے پیچھے بھاگنے یا کم از کم گریگور کے تعاقب میں رکاوٹ نہ ڈالنے کے بجائے اس نے اپنے دائیں ہاتھ سے چیف کلرک کی چھڑی پکڑ لی۔

Cogió un periódico grande de la mesa con su mano izquierda.

اس نے اپنے بائیں ہاتھ سے میز سے ایک بڑا اخبار اٹھایا۔

Y empezó a dar patadas y a agitar el bastón y el periódico para obligar a Gregor a regresar a su habitación.

اور اس نے اپنے پیروں پر مہر لگانا شروع کر دیا اور گریگور کو واپس اپنے کمرے میں لے جانے کے لئے اپنی چھڑی اور اخبار لہرانا شروع کر دیا۔

Ninguna de las peticiones de Gregor sirvió, ninguna de sus peticiones fue entendida.

گریگور کی کسی بھی درخواست نے مدد نہیں کی، اس کی کوئی بھی درخواست سمجھ میں نہیں آئی۔

Por más humilde que girase la cabeza, su padre sólo le daba patadas más fuertes.

اس سے کوئی فرق نہیں پڑتا کہ اس نے کتنی ہی عاجزی سے اپنا سر موڑ لیا، اس کے والد نے صرف اس کے پیروں پر مضبوطی سے مہر لگائی۔

Allí, la madre había abierto una ventana a pesar del clima fresco.

وہاں، ماں نے ٹھنڈے موسم کے باوجود ایک کھڑکی کھولی تھی

Y asomándose por la ventana, apretó su rostro contra sus manos, que estaba muy lejos de la ventana.

اور کھڑکی سے باہر جھک کر اس نے کھڑکی سے باہر اپنا چہرہ اپنے ہاتھوں میں دبایا۔

Se creó una fuerte corriente de aire entre el callejón y la escalera.

گلی اور سیڑھیوں کے درمیان ایک مضبوط مسودہ تیار ہوا

Las cortinas de la ventana se abrieron de golpe y los periódicos sobre la mesa crujieron.

کھڑکی کے پردے کھل گئے اور میز پر لگے اخبار زنگ آلود ہو گئے۔

Hojas individuales arrastradas por el suelo

انفرادی پتے زمین پر پھٹ گئے

El padre empujó sin descanso y silbó como un hombre salvaje.

باپ نے مسلسل دھکا دیا اور ایک جنگلی آدمی کی طرح جھک گیا

Pero Gregor no tenía práctica en caminar hacia atrás, era realmente muy lento.

لیکن گریگور کو پیچھے چلنے کی کوئی مشق نہیں تھی، یہ واقعی بہت

سست تھا

Si a Gregor le hubieran permitido darse la vuelta, habría estado inmediatamente en su habitación.

اگر گریگور کو پیچھے مڑنے کی اجازت دی گئی ہوتی تو وہ فوراً اپنے کمرے میں ہوتا۔

Pero tenía miedo de impacientar a su padre con el largo turno.

لیکن وہ اپنے والد کو وقت لینے والی باری سے بے چین کرنے سے ڈرتا تھا۔

y en cualquier momento lo amenazaban con un golpe fatal en la espalda o en la cabeza con el palo que sostenía su padre.

اور کسی بھی لمحے اسے اپنے والد کے ہاتھ میں چھڑی سے پیٹھ یا سر پر مہلک وار کرنے کی دھمکی دی جاتی تھی۔

Pero finalmente Gregor no tuvo otra opción.

لیکن آخر کار گریگور کے پاس کوئی دوسرا راستہ نہیں تھا۔

porque se dio cuenta con horror que ni siquiera podía mantener la dirección al ir hacia atrás.

کیونکہ اسے خوف کے ساتھ احساس ہوا کہ وہ پیچھے جاتے وقت سمت بھی نہیں رکھ سکتا۔

Y así empezó a girar lo más rápido que pudo, pero en realidad muy lentamente, sin cesar de mirar con ansiedad a su padre.

اور اس طرح وہ جتنی جلدی ممکن ہو، پلٹنے لگا، لیکن حقیقت میں بہت آہستہ آہستہ، اپنے والد کی طرف مسلسل پریشان نظروں کے ساتھ

Tal vez el padre notó su buena voluntad, porque no lo molestó.

شاید باپ نے اس کی نیک نیتی کو محسوس کیا، کیونکہ اس نے اسے پریشان نہیں کیا

Incluso dirigió la rotación desde la distancia con la punta de su bastón.

یہاں تک کہ اس نے اپنی چھڑی کی نوک سے دور سے گردش کی ہدایت بھی کی۔

¡Ojalá no hubiera sido por ese silbido insoportable de mi padre!

کاش میرے والد کی طرف سے یہ ناقابل برداشت جھٹکا نہ ہوتا!

Gregor perdió completamente la compostura.

گریگور مکمل طور پر اپنا سکون کھو چکا ہے

Ya casi se había dado la vuelta cuando, siempre atento a ese silbido, incluso cometió un error y se dio la vuelta un poco.

وہ تقریباً پلٹ چکا تھا کہ ہمیشہ اس آواز کو سن کر اس نے ایک غلطی بھی کی اور تھوڑا سا پیچھے مڑ گیا۔

Pero cuando finalmente logró poner su cabeza frente a la puerta, se hizo evidente que su cuerpo era demasiado ancho para pasar fácilmente.

لیکن آخر کار جب اس نے اپنا سر دروازے کے سامنے رکھا تو یہ واضح ہو گیا کہ اس کا جسم اتنا چوڑا تھا کہ آسانی سے وہاں سے نہیں جا سکتا تھا۔

Por supuesto, en su estado actual, al padre tampoco se le ocurrió abrir la otra puerta.

ظاہر ہے، اپنی موجودہ حالت میں، والد کو دوسرا دروازہ کھولنے کا بھی موقع نہیں ملا۔

Para crear suficiente paso para Gregor

گریگور کے لئے کافی راستہ پیدا کرنے کے لئے

Su obsesión era simplemente que Gregor tenía que llegar a su habitación lo más rápido posible.

اس کا جنون صرف یہ تھا کہ گریگور کو جتنی جلدی ممکن ہو اپنے کمرے میں جانا تھا۔

Nunca habría permitido los complicados preparativos que Gregor tuvo que hacer para poder levantarse y tal vez atravesar la puerta de esa manera.

وہ گریگور کو کھڑے ہونے اور شاید اس طرح دروازے سے گزرنے کے لئے درکار پیچیدہ تیاریوں کی اجازت کبھی نہیں دیتا تھا۔

Tal vez ahora empujaba a Gregor hacia adelante con un ruido especial, como si no hubiera ningún obstáculo.

شاید اب وہ گریگور کو خاص شور کے ساتھ آگے بڑھا رہا تھا، جیسے کوئی رکاوٹ ہی نہ ہو۔

Incluso detrás de Gregor ya no sonaba la voz de su único padre.

یہاں تک کہ گریگور کے پیچھے بھی اب یہ اس کے اکلوتے والد کی آواز کی طرح نہیں لگ رہا تھا

Ahora ya no había más bromas y Gregor se empujó, pasara lo que pasara, hacia la puerta.

اب واقعی کوئی مذاق نہیں تھا، اور گریگور نے اپنے آپ کو ۔ جو کچھ بھی ہوا ۔ دروازے میں دھکیل دیا۔

Un lado de su cuerpo se levantó.

اس کے جسم کا ایک حصہ بلند ہو گیا

Él yacía torcido en la puerta

وہ دروازے پر ٹیڑھا پڑا تھا

Uno de sus flancos estaba completamente raspado y en carne viva.

اس کا ایک پہلو مکمل طور پر کچا تھا

Quedaron manchas feas en la puerta blanca

سفید دروازے پر بدصورت داغ باقی رہے

Pronto se quedó atascado y no habría podido moverse por sí solo.

جلد ہی وہ پھنس گیا اور خود سے حرکت کرنے کے قابل نہیں تھا

Las piernas de un lado colgaban temblando en el aire.

ایک طرف کی ٹانگیں ہوا میں کانپ رہی تھیں

Las piernas del otro lado estaban dolorosamente presionadas contra el suelo.

دوسری طرف کی ٹانگوں کو دردناک طریقے سے زمین پر دبایا گیا تھا

Entonces su padre le dio un fuerte empujón desde atrás que fue realmente liberador.

پھر اس کے والد نے اسے پیچھے سے واقعی آزاد کرنے والا مضبوط دھکا دیا۔

y voló, sangrando profusamente, hasta su habitación.

اور وہ بہت زیادہ خون بہاتے ہوئے اپنے کمرے میں بہت دور چلا گیا۔

La puerta se cerró de golpe con un palo

دروازہ چھڑی سے بند کر دیا گیا

Entonces finalmente hubo silencio

پھر آخر کار خاموشی چھا گئی

Segunda parte

حصہ دوم

Sólo al anochecer Gregorio despertó de su sueño pesado e inconsciente.

شام کے وقت ہی گریگور اپنی بھاری، بے ہوش نیند سے بیدار ہوا۔

Seguramente se habría despertado poco después, incluso sin perturbaciones.

وہ یقینی طور پر بہت دیر بعد بیدار ہوا ہوگا، یہاں تک کہ بغیر کسی پریشانی کے

porque se sentía suficientemente descansado y bien dormido

کیونکہ وہ کافی آرام محسوس کر رہا تھا اور اچھی طرح سو گیا تھا

Pero le pareció como si un paso fugaz y un cierre cauteloso de la puerta que conducía a la antesala lo hubieran despertado.

لیکن اسے ایسا لگ رہا تھا جیسے ایک عارضی قدم اور کمرے کی طرف جانے والے دروازے کی محتاط بندش نے اسے بیدار کر دیا ہو۔

La luz del tranvía eléctrico se reflejaba pálidamente aquí y allá en el techo y en las partes altas de los muebles.

برقی ٹرام کی روشنی چھت اور فرنیچر کے اونچے حصوں پر یہاں اور وہاں پیلی پڑی تھی۔

Pero abajo, al nivel de Gregor, estaba oscuro.

لیکن گریگور کی سطح پر اندھیرا تھا

Se empujó lentamente hacia la puerta para ver qué había sucedido allí.

اس نے آہستہ آہستہ اپنے آپ کو دروازے کی طرف دھکیل دیا تاکہ وہ دیکھ سکے کہ وہاں کیا ہوا تھا۔

Todavía era torpe con sus antenas, que sólo ahora aprendió a apreciar.

وہ اب بھی اپنے احساسات کے ساتھ اناڑی تھا ، جس کی تعریف کرنا اب اس نے سیکھا ہے۔

Su lado izquierdo parecía tener una cicatriz larga y desagradablemente apretada.

اس کے بائیں طرف ایک لمبا، ناگوار تنگ نشان لگ رہا تھا

y tuvo que cojear literalmente sobre sus dos filas de patas

اور اسے اپنی ٹانگوں کی دو قطاروں پر لفظی طور پر لنگڑانا پڑا۔

Por cierto, una de las piernas resultó gravemente herida

durante los incidentes de la mañana.

اتفاق سے صبح کے واقعات کے دوران ان کی ایک ٹانگ شدید زخمی ہو گئی تھی۔

Fue casi un milagro que sólo una de sus piernas estuviera herida

یہ تقریبا ایک معجزہ تھا کہ اس کی صرف ایک ٹانگ زخمی ہو گئی تھی۔

y arrastró su pierna sin vida

اور اس نے اپنی ٹانگ کو بے جان گھسیٹ لیا

Sólo cuando llegó a la puerta se dio cuenta de lo que realmente lo había atraído hasta allí.

جب وہ دروازے پر پہنچا تو اسے احساس ہوا کہ اصل میں اسے وہاں کس چیز نے راغب کیا تھا۔

Fue el olor de algo comestible lo que lo había atraído allí.

یہ کھانے کے قابل کسی چیز کی بو تھی جس نے اسے وہاں راغب کیا تھا۔

Porque había un cuenco lleno de leche dulce, en el que flotaban pequeñas rebanadas de pan blanco.

کیونکہ میٹھے دودھ سے بھرا ایک پیالہ تھا جس میں سفید روٹی کے چھوٹے چھوٹے ٹکڑے تیر رہے تھے۔

Casi se rió de alegría porque tenía aún más hambre que por la mañana.

وہ تقریبا خوشی سے ہنسنے لگا کیونکہ وہ صبح سے بھی زیادہ بھوکا تھا۔

Y al instante sumergió la cabeza casi hasta los ojos en la leche.

اور فوری طور پر اس نے اپنا سر اپنی آنکھوں تک دودھ میں ڈبو دیا۔

Pero pronto echó la cabeza hacia atrás decepcionado.

لیکن جلد ہی اس نے مایوس ہوکر اپنا سر پیچھے کھینچ لیا۔

No era sólo que comer le resultaba difícil debido a su delicado lado izquierdo.

یہ صرف اتنا نہیں تھا کہ اس کے نازک بائیں طرف کی وجہ سے کھانا اس کے لئے مشکل تھا۔

Sólo podía comer si todo su cuerpo jadeaba y trabajaba.

وہ صرف اسی صورت میں کھا سکتا تھا جب اس کا پورا جسم تڑپ رہا ہو اور کام کر رہا ہو۔

Pero además, no le gustaba nada la leche, que normalmente era su favorita.

لیکن اس کے علاوہ، انہیں دودھ بالکل بھی پسند نہیں تھا، جو عام طور پر ان کا پسندیدہ تھا۔

La hermana seguramente le había dado la leche por esta razón.

بہن نے اس وجہ سے اسے ضرور دودھ دیا تھا۔

Sí, se alejó del cuenco casi con renuencia.

جی ہاں، وہ تقریبا ہچکچاہٹ کے ساتھ پیالے سے دور ہو گیا

y se arrastró de nuevo hasta el centro de la habitación

اور وہ رینگ کر واپس کمرے کے وسط میں چلا گیا۔

En la sala de estar, como Gregor vio a través de la rendija de la puerta, estaba encendida la llama del gas.

لیونگ روم میں، جیسے ہی گریگور نے دروازے میں دراڑ کو دیکھا، گیس جل رہی تھی

A esta hora del día, el padre solía leer el periódico de la tarde a su madre y a veces también a su hermana en voz alta.

دن کے اس وقت والد اپنی ماں کو دوپہر کا اخبار پڑھ کر سناتے تھے تو کبھی اونچی آواز میں اپنی بہن کو بھی۔

pero hoy no se escuchó ningún sonido

لیکن آج کوئی آواز نہیں سنی گئی

Ahora bien, quizá esa lectura en voz alta, de la que siempre le hablaba y escribía su hermana, había quedado recientemente completamente fuera de uso.

اب شاید اونچی آواز میں پڑھنا، جس کے بارے میں ان کی بہن ہمیشہ انہیں بتاتی اور لکھتی تھیں، حال ہی میں مکمل طور پر ختم ہو گئی تھیں۔

Pero todo estaba muy tranquilo, aunque el apartamento ciertamente no estaba vacío.

لیکن یہ چاروں طرف بہت خاموش تھا ، حالانکہ اپارٹمنٹ یقینی طور پر خالی نہیں تھا۔

"¡Qué vida tan tranquila llevaba la familia!", dijo Gregor.

گریگور نے کہا" خاندان نے کتنی پرسکون زندگی گزاری۔

y sintió, mientras miraba fijamente la oscuridad frente a él, un gran orgullo.

اور جب وہ اپنے سامنے اندھیرے میں گھور رہا تھا تو اسے ایک بڑا

فخر محسوس ہوا۔

Estaba orgulloso de haber podido ofrecerles a sus padres y a su hermana una vida así en un apartamento tan bonito.

اسے فخر تھا کہ وہ اپنے والدین اور اپنی بہن کو اتنے خوبصورت اپارٹمنٹ میں ایسی زندگی فراہم کرنے میں کامیاب رہا تھا۔

¿Pero qué pasaría si toda paz, toda prosperidad y toda satisfacción llegaran a un final terrible?

لیکن کیا ہوگا اگر تمام امن، تمام خوشحالی، تمام اطمینان کا خوفناک اختتام ہو جائے؟

Para no perderse en tales pensamientos, Gregor prefirió ponerse en movimiento.

اس طرح کے خیالات میں خود کو کھونے کے لئے ، گریگور نے حرکت کرنے کو ترجیح دی۔

y se arrastró arriba y abajo de la habitación

اور وہ کمرے کے اوپر نیچے رینگتا رہا۔

Una vez, durante la larga velada, una puerta lateral y otra vez la otra se abrieron por una pequeña rendija.

ایک بار طویل شام کے دوران ایک طرف کا دروازہ اور ایک بار دوسرا دروازہ ایک چھوٹی سی دراڑ سے کھل گیا۔

Y rápidamente la puerta se cerró de nuevo.

اور جلدی سے دروازہ دوبارہ بند ہو گیا۔

Alguien tenía el deseo de entrar, pero también demasiadas preocupaciones.

کسی کو اندر آنے کی خواہش تھی، لیکن بہت سے خدشات بھی تھے
Gregor ahora se detuvo directamente en la puerta de la sala de estar.

گریگور اب براہ راست کمرے کے دروازے پر رک گیا۔

Estaba decidido a hacer entrar de algún modo al visitante indeciso.

وہ کسی طرح ہچکچانے والے مہمان کو اندر لانے کے لئے پرعزم تھا
Al menos quería saber quién era.

وہ کم از کم یہ جاننا چاہتا تھا کہ یہ کون ہے
Pero ahora la puerta ya no estaba abierta y Gregor esperó en vano.

لیکن اب دروازہ نہیں کھلا تھا اور گریگور بے کار انتظار کر رہا تھا۔
Temprano en la mañana, cuando todas las puertas estaban cerradas, todos querían entrar.

صبح سویرے جب دروازے بند تھے تو سب اس کے پاس آنا چاہتے تھے۔

Ahora que había abierto una puerta y las demás evidentemente habían sido abiertas durante el día, nadie vino.

اب جب اس نے ایک دروازہ کھولا تھا اور دوسرے دروازے دن میں کھولے گئے تھے تو کوئی نہیں آیا۔

Y las llaves ahora también se insertaban desde el exterior.

اور اب چابیاں بھی باہر سے داخل کی گئی تھیں۔

Sólo tarde por la noche se apagó la luz de la sala de estar.

رات گئے ہی کمرے کی لائٹ بند تھی۔

Y ahora era fácil ver que los padres y la hermana habían permanecido despiertos tanto tiempo.

اور اب یہ دیکھنا آسان تھا کہ والدین اور بہن اتنی دیر تک جاگتے رہے تھے۔

Porque como se podía oír claramente, los tres se alejaban de puntillas.

کیونکہ جیسا کہ کوئی واضح طور پر سن سکتا تھا، تینوں اب دور ہو رہے تھے۔

Ahora nadie vendría a Gregor hasta la mañana.

اب صبح تک کوئی بھی گریگور کے پاس نہیں آتا تھا۔

Así que tuvo mucho tiempo para pensar tranquilamente sobre cómo debería reorganizar ahora su vida.

لہٰذا اس کے پاس یہ سوچنے کے لیے ایک طویل وقت تھا کہ اب اسے اپنی زندگی کو کس طرح از سر نو ترتیب دینا چاہیے۔

Pero la habitación alta y vacía en la que lo obligaron a tumbarse en el suelo lo asustó.

لیکن جس اونچے، خالی کمرے میں اسے فرش پر لیٹنے پر مجبور کیا گیا تھا، اس نے اسے خوفزدہ کر دیا۔

Le asustó sin que pudiera averiguar la causa

اس کی وجہ معلوم کرنے کے قابل ہونے کے بغیر اس نے اسے خوفزدہ کر دیا

porque era la habitación en la que había vivido durante cinco años

کیونکہ یہ وہ کمرہ تھا جس میں وہ پانچ سال سے رہ رہا تھا۔

Y con un giro medio inconsciente y no sin un ligero

sentimiento de vergüenza, se apresuró a meterse debajo del sofá.

اور آدھے بے ہوش موڑ کے ساتھ اور بغیر کسی شرمندگی کے، وہ جلدی سے صوفے کے نیچے آ گیا۔

Bajo el sofá inmediatamente se sintió muy cómodo de nuevo.

صوفے کے نیچے وہ فوری طور پر ایک بار پھر بہت آرام دہ محسوس کرنے لگا۔

A pesar de que tenía la espalda un poco presionada

اس حقیقت کے باوجود کہ اس کی پیٹھ کو تھوڑا سا دبایا گیا تھا

y a pesar de que ya no podía levantar la cabeza

اور اس حقیقت کے باوجود کہ وہ اب اپنا سر نہیں اٹھا سکتا تھا

Y ahora lamentaba que su cuerpo fuera demasiado ancho para acomodarse completamente debajo del sofá.

اور اب اسے افسوس ہوا کہ اس کا جسم اتنا چوڑا تھا کہ اسے صوفے کے نیچے مکمل طور پر جگہ نہیں دی جا سکتی تھی۔

Se quedó allí toda la noche, que pasó en parte medio dormido.

وہ پوری رات وہیں رہا، جس میں اس نے جزوی طور پر آدھی نیند گزاری۔

El medio sueño del que el hambre lo despertaba una y otra vez

وہ آدھی نیند جس سے بھوک اسے جگاتی رہی

Pero pasó parte de la noche preocupado y con vagas esperanzas.

لیکن اس نے رات کا کچھ حصہ پریشانیوں اور مبہم امیدوں میں گزارا۔

Esperanzas que todas condujeron a una conclusión

امیدیں کہ سب ایک نتیجے پر پہنچے

Tuvo que permanecer callado por el momento.

اسے فی الحال خاموش رہنا پڑا۔

y tuvo que hacer soportables los inconvenientes con paciencia y la mayor consideración hacia la familia.

اور انہیں صبر اور اہل خانہ کی سب سے بڑی توجہ کے ذریعے تکلیفوں کو برداشت کرنا پڑا۔

las molestias que ahora se veía obligado a causarles en su condición actual

وہ تکلیف جو اب وہ اپنی موجودہ حالت میں ان کا سبب بننے پر مجبور

تھا

Ya temprano por la mañana, cuando todavía era casi de noche, Gregor tuvo la oportunidad de probar la fuerza de sus recién tomadas decisiones.

صبح سویرے ہی، تقریبا رات ہو چکی تھی، گریگور کو اپنے نئے کیے گئے فیصلوں کی طاقت کو آزمانے کا موقع ملا۔

porque desde la antesala la hermana, casi completamente vestida, abrió la puerta y miró hacia adentro con excitación.

کیونکہ کمرے سے بہن، جو تقریبا مکمل لباس میں ملبوس تھی، نے دروازہ کھولا اور جوش و خروش سے اندر دیکھا۔

No lo encontró de inmediato, pero cuando lo notó debajo del sofá...

اسے فوری طور پر وہ نہیں ملا، لیکن جب اس نے اسے صوفے کے نیچے دیکھا...

Dios, tenía que estar en algún lugar; no podía haberse ido volando.

خدا، اسے کہیں نہ کہیں ہونا تھا۔ وہ اڑ نہیں سکتا تھا۔

Estaba tan asustada que, sin poder controlarse, cerró la puerta desde afuera.

وہ اس قدر خوفزدہ تھی کہ اپنے آپ پر قابو نہ رکھ سکی اور باہر سے دروازہ کھٹکھٹایا۔

Pero como si se arrepintiera de su comportamiento, inmediatamente abrió la puerta nuevamente.

لیکن جیسے اسے اپنے رویے پر افسوس ہو، اس نے فورا دوبارہ دروازہ کھول دیا۔

y entró de puntillas como si estuviera visitando a un enfermo grave o incluso a un desconocido

اور وہ ٹپیو پر اس طرح داخل ہوئی جیسے وہ کسی شدید بیمار شخص یا کسی اجنبی سے ملنے جا رہی ہو۔

Gregor había empujado su cabeza casi hasta el borde del sofá y la estaba mirando.

گریگور نے اپنا سر تقریبا صوفے کے کنارے پر دھکیل دیا تھا اور اسے دیکھ رہا تھا۔

¿Se daría cuenta de que había dejado la leche?

کیا وہ محسوس کرے گی کہ اس نے دودھ چھوڑ دیا ہے؟

y no lo hace por falta de hambre

اور اس نے بھوک کی کمی کی وجہ سے ایسا نہیں کیا

y se preguntó si ella traería alguna otra comida

اور وہ سوچنے لگا کہ کیا وہ کوئی اور کھانا لائے گی؟

Un plato que le sentaba mejor

ایک پکوان جو اس کے لئے بہتر موزوں تھا

Si no lo hiciera ella misma, él preferiría morir de hambre
antes que hacérselo saber.

اگر وہ خود ایسا نہیں کرتی ہے، تو وہ اسے اس سے آگاہ کرنے کے
بجائے بھوکا رہنا پسند کرے گا۔

En realidad, estuvo muy tentado de salir disparado desde
debajo del sofá.

دراصل وہ واقعی صوفے کے نیچے سے گولی مارنے کے لئے لالچ
میں تھا

Quería arrojarse a los pies de su hermana y pedirle algo
bueno para comer.

وہ اپنے آپ کو اپنی بہن کے قدموں میں پھینکنا چاہتا تھا اور اس سے
کھانے کے لئے کچھ اچھا مانگنا چاہتا تھا۔

Pero su hermana inmediatamente notó con sorpresa que el
cuenco todavía estaba lleno.

لیکن اس کی بہن نے فوری طور پر حیرت کے ساتھ دیکھا کہ پیالہ ابھی
بھی بھرا ہوا تھا۔

El recipiente del que sólo se derramó un poco de leche por
todos lados.

وہ پیالہ جس سے صرف تھوڑا سا دودھ چاروں طرف پھیل گیا تھا

Inmediatamente tomó el cuenco, no con sus propias manos,
sino con un trapo, y lo sacó.

اس نے فوری طور پر پیالہ اٹھایا، اپنے ننگے ہاتھوں سے نہیں، بلکہ
ایک راگ کے ساتھ، اور اسے باہر لے گئی۔

Gregor tenía muchísima curiosidad por ver qué traería como
reemplazo.

گریگور یہ دیکھنے کے لئے بے حد متجسس تھا کہ وہ متبادل کے طور
پر کیا لائے گی۔

y tenía varios pensamientos al respecto

اور اس کے بارے میں اس کے مختلف خیالات تھے۔

Pero nunca podría haber adivinado lo que la hermana
realmente hizo en su bondad.

لیکن وہ کبھی اندازہ نہیں لگا سکتا تھا کہ بہن نے واقعی اس کی مہربانی میں کیا کیا ہے۔

Para probar su gusto, le trajo una selección entera, toda extendida sobre un periódico viejo.

اس کے ذائقے کو جانچنے کے لیے، وہ اسے ایک پورا انتخاب لے کر آئی، جو سب ایک پرانے اخبار میں پھیل گیا۔

Había verduras viejas y medio podridas.

وہاں پرانی، آدھی سڑی ہوئی سبزیاں تھیں

Huesos de la cena rodeados de salsa blanca solidificada

شام کے کھانے کی ہڈیاں مضبوط سفید چٹنی سے گھری ہوئی ہیں

Unas pasas y almendras

کچھ کشمش اور بادام

Un queso que Gregor había declarado incomestible hacía dos días.

ایک پنیر جسے گریگور نے دو دن پہلے غیر خوردنی قرار دیا تھا

Un pan seco y un pan con mantequilla.

ایک خشک روٹی اور ایک مکھن والی روٹی

y un pan salado untado con mantequilla

اور مکھن کے ساتھ پھیلی ہوئی نمکین روٹی

Además de todo esto, también colocó un cuenco que probablemente estaba destinado a Gregor de una vez por todas.

اس سب کے علاوہ، اس نے ایک پیالہ بھی رکھا جو شاید گریگور کے لئے ہمیشہ کے لئے تھا۔

y ella había vertido agua en el cuenco

اور اس نے پیالے میں پانی ڈال دیا تھا

Y por delicadeza, sabiendo que Gregorio no comería delante de ella, se apresuró a marcharse.

اور لذت کی وجہ سے، یہ جانتے ہوئے کہ گریگور اس کے سامنے کھانا نہیں کھائے گا، وہ جلدی سے چلی گئی۔

Y hasta giró la llave al salir.

اور یہاں تک کہ اس نے جاتے ہوئے چابی بھی موڑ دی۔

para que sólo Gregor pudiera notar que podía ponerse tan cómodo como quisiera.

تاکہ صرف گریگور ہی محسوس کر سکے کہ وہ اپنے آپ کو اتنا آرام دہ بنا سکتا ہے جتنا وہ چاہتا ہے۔

Las piernas de Gregor zumbaban porque era hora de comer.

کھانے کا وقت ہونے کی وجہ سے گریگور کی ٹانگیں دھڑک رہی تھیں

Cabe señalar que sus heridas ya deben haber sanado por completo.

یہ بات قابل ذکر ہے کہ اس کے زخم پہلے ہی مکمل طور پر ٹھیک ہو چکے ہوں گے۔

porque ya no sentía ninguna discapacidad

کیونکہ وہ اب کوئی معذوری محسوس نہیں کرتا تھا

Se quedó asombrado y pensó en cómo se había cortado el dedo con el cuchillo hacía más de un mes.

وہ حیران رہ گیا اور سوچنے لگا کہ کس طرح اس نے ایک ماہ پہلے چاقو سے اپنی انگلی کاٹ لی تھی۔

y recordó cuánto le había dolido bastante esa herida anteayer

اور اسے یاد آیا کہ پرسوں اس زخم نے اسے کس طرح کافی تکلیف پہنچائی تھی۔

«¿Soy menos sensible ahora?», pensó.

"کیا اب میں کم حساس ہوں؟" اس نے سوچا۔

y ya estaba chupando con avidez el queso

اور وہ پہلے سے ہی پنیر کو لالچ سے چوس رہا تھا

El queso que le atraía inmediata y enfáticamente por encima de todos los demás alimentos.

وہ پنیر جس کی طرف وہ فوری طور پر اور زور دار طریقے سے دیگر تمام کھانوں سے اوپر کھینچا گیا تھا

Rápidamente, uno tras otro y con los ojos llenos de lágrimas de satisfacción, se comió el queso.

ایک کے بعد ایک تیزی سے اور اطمینان سے آنکھوں میں پانی بھر کر اس نے پنیر کھایا۔

y comió las verduras y la salsa

اور اس نے سبزیاں اور چٹنی کھائی۔

Sin embargo, la comida fresca no le sabía bien.

تاہم، تازہ کھانے کا ذائقہ اس کے لئے اچھا نہیں تھا

Ni siquiera podía soportar el olor de la comida fresca.

وہ تازہ کھانے کی بو کو بھی برداشت نہیں کر سکتا تھا

Y hasta arrastró las cosas que quería comer un poco más lejos.

اور یہاں تک کہ اس نے ان چیزوں کو بھی گھسیٹ لیا جو وہ کھانا چاہتا تھا۔

Ya había terminado todo

وہ پہلے ہی سب کچھ ختم کر چکا تھا

Todavía estaba acostado perezosamente en el mismo lugar cuando llegó su hermana.

وہ ابھی بھی اسی جگہ پر لیٹا ہوا تھا جب اس کی بہن آئی۔

Como señal de que debía retirarse, giró lentamente la llave.

اس بات کی علامت کے طور پر کہ اسے پیچھے ہٹ جانا چاہئے ، اس نے آہستہ آہستہ چابی موڑ دی۔

Esto lo sobresaltó de inmediato, aunque estaba casi dormido.

اس نے اسے فوری طور پر چونکا دیا ، حالانکہ وہ تقریبا سو چکا تھا۔

Y se apresuró a volver debajo del sofá.

اور وہ جلدی سے صوفے کے نیچے واپس آ گیا

Pero le costó mucho autocontrol quedarse debajo del sofá.

لیکن اسے صوفے کے نیچے رہنے کے لئے بہت زیادہ خود پر قابو پانا پڑا۔

Aunque solo fue un corto tiempo que la hermana estuvo en la habitación

بھلے ہی تھوڑی دیر ہی کیوں نہ ہو کہ بہن کمرے میں تھی

Porque su cuerpo se había vuelto un poco redondeado por la abundante comida.

کیونکہ اس کا جسم وافر مقدار میں کھانے سے تھوڑا سا گول ہو گیا تھا۔

y apenas podía respirar allí en el estrecho espacio

اور وہ تنگ جگہ میں مشکل سے سانس لے سکتا تھا۔

Con pequeños ataques de asfixia, observaba con ojos ligeramente saltones.

دم گھٹنے کی چھوٹی چھوٹی چوٹوں کے ساتھ، وہ قدرے ابھری ہوئی آنکھوں سے دیکھ رہا تھا۔

Observó cómo la hermana desprevenida vertía apresuradamente todo en un balde con una escoba.

وہ دیکھ رہا تھا کہ بے حس بہن جلدی سے جھاڑو کے ساتھ ایک بالٹی میں سب کچھ ڈال رہی ہے

No sólo las sobras, sino también la comida que Gregor ni siquiera había tocado.

نہ صرف بچا ہوا کھانا، بلکہ وہ کھانا بھی جسے گریگور نے چھویا بھی

نہیں تھا

Como si ya no fueran utilizables

گویا یہ اب قابل استعمال نہیں تھے

y cerró los restos con una tapa de madera, después de lo cual sacó todo.

اور اس نے باقیات کو لکڑی کے ڈھکن سے بند کر دیا، جس کے بعد اس نے سب کچھ نکال لیا۔

Apenas se había dado la vuelta cuando Gregor salió de debajo del sofá y se estiró y se hinchó.

وہ بمشکل پیچھے مڑی ہی تھی کہ گریگور نے خود کو صوفے کے نیچے سے باہر نکالا اور خود کو پھیلایا اور باہر نکال لیا۔

De esta manera Gregorio recibía su comida todos los días.

اس طرح گریگور کو ہر روز اپنا کھانا ملتا تھا۔

Una mañana, cuando los padres y la criada todavía dormían.

ایک بار صبح، جب والدین اور نوکرانی ابھی سو رہے تھے

La segunda vez después del almuerzo general.

عام دوپہر کے کھانے کے بعد دوسری بار

porque luego los padres también durmieron un rato

کیونکہ پھر والدین بھی تھوڑی دیر کے لیے سو گئے۔

y la doncella fue enviada por la hermana a hacer algún recado

اور نوکرانی کو بہن نے کسی کام پر بھیج دیا

Ciertamente no querían que Gregor muriera de hambre.

وہ یقینی طور پر نہیں چاہتے تھے کہ گریگور بھوکا رہے۔

Pero tal vez no hubieran podido soportar aprender más sobre su comida que de oídas.

لیکن شاید وہ اس کے کھانے کے بارے میں سننے سے زیادہ جاننے کا متحمل نہیں ہو سکتے تھے۔

Tal vez la hermana quería ahorrarles un dolor quizás pequeño.

شاید بہن انہیں شاید صرف ایک چھوٹا سا غم چھوڑنا چاہتی تھی

porque en realidad sufrieron lo suficiente

کیونکہ درحقیقت انہوں نے کافی تکلیف اٹھائی تھی۔

Gregor no tenía forma de saber qué excusas se habían utilizado para sacar al médico y al cerrajero del apartamento esa primera mañana.

گریگور کے پاس یہ جاننے کا کوئی طریقہ نہیں تھا کہ اس پہلی صبح

ڈاکٹر اور تالے دار کو اپارٹمنٹ سے باہر نکالنے کے لئے کیا بہانے
استعمال کیے گئے تھے۔

porque no era comprendido, nadie, ni siquiera su hermana,
pensaba que él podía entender a los demás

کیونکہ اسے سمجھا نہیں گیا تھا، کسی نے، یہاں تک کہ اس کی بہن نے
بھی نہیں سوچا تھا کہ وہ دوسروں کو سمجھ سکتا ہے

Y así, cuando la hermana estaba en su habitación, tenía que
contentarse con oír sólo aquí y allá sus suspiros.

اور اس لیے جب بہن اپنے کمرے میں تھی تو اسے صرف یہاں اور
وہاں اس کی آہیں سن کر مطمئن ہونا پڑتا تھا۔

Sólo más tarde, cuando ya se había acostumbrado un poco a
todo, Gregor captó a veces una observación:

صرف بعد میں، جب وہ ہر چیز کی عادی ہو گئی تھی، تو گریگور کو
کبھی کبھی ایک تبصرہ مل جاتا تھا۔

Por supuesto, nunca podría hablarse de una habituación
completa.

یقیناً، مکمل عادت کی کوئی بات کبھی نہیں ہو سکتی تھی

un comentario que se hizo de manera amistosa o que podría
interpretarse como tal

ایک تبصرہ جو دوستانہ انداز میں تھا، یا اس طرح سے تشریح کیا جا
سکتا ہے

"Lo disfruté hoy", dijo cuando Gregor había limpiado la
comida.

وہ آج اس سے لطف اندوز ہوا، اس نے کہا جب گریگور نے کھانا صاف
کیا تھا

Mientras que en el caso contrario, que poco a poco se fue
haciendo más frecuente, decía casi con tristeza:

جبکہ اس کے برعکس معاملے میں ، جو آہستہ آہستہ زیادہ سے زیادہ
عام ہوتا گیا ، وہ تقریبا افسوس سے کہتی تھی:

»Ahora toda la comida vuelve a quedar en pie«

"اب سارا کھانا دوبارہ کھڑا رہ گیا ہے"

Aunque Gregor no podía escuchar ninguna noticia
directamente, escuchaba mucho de las habitaciones
contiguas.

اگرچہ گریگور براہ راست کوئی خبر نہیں سن سکتا تھا ، لیکن اس نے
اس پاس کے کمروں سے بہت کچھ سنا۔

Y tan pronto como oyó voces, corrió inmediatamente a la
puerta en cuestión y se apretó contra ella con todo su cuerpo.

اور جیسے ہی اس نے آوازیں سنی، وہ فوری طور پر دروازے کی
طرف بھاگا اور اپنے پورے جسم کے ساتھ اپنے آپ کو اس کے خلاف
دبایا۔

Especialmente en los primeros días, no había ninguna
conversación que no tratara de él de alguna manera, aunque
fuera en secreto.

خاص طور پر ابتدائی دنوں میں، ایسی کوئی بات چیت نہیں ہوتی تھی
جو کسی بھی طرح، چاہے صرف خفیہ طور پر ہی کیوں نہ ہو، اس کے
ساتھ معاملہ نہ کرتی ہو۔

Durante dos días, en cada comida, se podían escuchar
discusiones sobre cómo comportarse ahora.

دو دن تک، ہر کھانے پر، اس بارے میں بات چیت سنی جا سکتی تھی
کہ اب کس طرح برتاؤ کرنا ہے۔

Pero también entre comidas se discutió el mismo tema.

لیکن کھانے کے درمیان بھی اسی موضوع پر تبادلہ خیال کیا گیا تھا

Porque siempre había al menos dos miembros de la familia
en casa.

کیونکہ گھر میں ہمیشہ کم از کم دو خاندان کے افراد ہوتے تھے۔

Porque nadie quería quedarse solo en casa

کیونکہ کوئی بھی اکیلا گھر میں رہنا نہیں چاہتا تھا

y no pudiste salir del apartamento por completo

اور آپ اپارٹمنٹ کو مکمل طور پر نہیں چھوڑ سکتے تھے

El primer día, la criada le rogó de rodillas a su madre que la
despidiera inmediatamente.

پہلے ہی دن نوکرانی نے اپنی ماں سے گھٹنوں کے بل بیٹھ کر
درخواست کی تھی کہ اسے فوری طور پر برطرف کر دیا جائے۔

No estaba del todo claro qué y cuánto sabía ella sobre lo que
había sucedido.

یہ مکمل طور پر واضح نہیں تھا کہ جو کچھ ہوا تھا اس کے بارے میں
وہ کیا اور کتنا جانتی تھی۔

Y cuando se despidió un cuarto de hora después, agradeció
la liberación con lágrimas.

اور جب اس نے ایک چوتھائی گھنٹے بعد الوداع کہا، تو اس نے آنسوؤں
کے ساتھ رہائی کا شکریہ ادا کیا۔

Fue como el mayor favor que le habían mostrado aquí.

یہ سب سے بڑے احسان کی طرح تھا جو یہاں اس پر دکھایا گیا تھا۔

y ella hizo, sin que se lo pidieran, un terrible juramento de no revelar la más mínima cosa a nadie.

اور اس نے ایسا کرنے کے لئے کہے بغیر ، ایک خوفناک قسم کھائی کہ وہ کسی کے سامنے معمولی سی بات ظاہر نہیں کرے گی۔

Ahora la hermana tenía que cocinar junto con su madre.

اب بہن کو اپنی ماں کے ساتھ مل کر کھانا پکانا تھا

Sin embargo, esto no fue un gran problema, porque no comieron casi nada.

تاہم ، یہ زیادہ پریشانی نہیں تھی ، کیونکہ انہوں نے تقریبا کچھ بھی نہیں کھایا۔

Gregorio escuchó una y otra vez cómo uno le pedía a otro que comiera en vano y no recibía otra respuesta.

گریگور نے بار بار سنا کہ کس طرح ایک شخص نے دوسرے کو بیکار کھانے کے لئے کہا اور کوئی دوسرا جواب نہیں ملا۔

«Gracias, ya tengo suficiente», o algo similar

"شکریہ، میرے پاس کافی ہے "، یا کچھ ایسا ہی

Quizás tampoco se bebió nada

شاید کچھ بھی نہیں پیا تھا

La hermana a menudo le preguntaba a su padre si quería cerveza.

بہن اکثر اپنے والد سے پوچھتی تھی کہ کیا وہ بیئر چاہتے ہیں

Y ella se ofreció calurosamente a ir a buscar la cerveza ella misma.

اور اس نے گرم جوشی سے بیئر خود لانے کی پیش کش کی۔

y como el padre permanecía callado, ella dijo, para quitarle cualquier duda, que también podía enviar a la criada.

اور جب باپ خاموش رہا تو اس نے کہا کہ اس سے کوئی شک دور کرنے کے لئے وہ نوکرانی کو بھی بھیج سکتی ہے۔

Pero entonces el padre finalmente dijo un gran "No".

لیکن پھر والد نے آخر کار ایک بڑا" نہیں "کہا۔

y ya no se habló de ello

اور اب اس کے بارے میں بات نہیں کی جاتی تھی

Ya durante el primer día, el padre explicó toda la situación financiera y las perspectivas tanto a la madre como a la hermana.

پہلے ہی دن کے دوران، والد نے ماں اور بہن دونوں کو پوری مالی صورتحال اور امکانات کے بارے میں بتایا۔

De vez en cuando se levantaba de la mesa y sacaba algún recibo o algún libro de notas de su pequeña caja registradora.

کبھی کبھار وہ میز سے اٹھ کر اپنے چھوٹے کیش باکس سے کچھ رسید یا نوٹوں کی کوئی کتاب لے کر آیا۔

La caja registradora que había salvado del colapso de su negocio hace cinco años.

نقد رجسٹر جسے انہوں نے پانچ سال پہلے اپنے کاروبار کے خاتمے سے بچایا تھا

Se le podía escuchar desbloqueando la complicada cerradura y luego volviéndola a bloquear después de sacar el objeto.

کوئی اسے پیچیدہ تالے کو کھولنے اور پھر شے کو نکالنے کے بعد اسے دوبارہ لاک کرتے ہوئے سن سکتا تھا۔

Estas explicaciones de su padre fueron en parte las primeras cosas agradables que Gregor había escuchado desde su encarcelamiento.

اپنے والد کی طرف سے یہ وضاحتیں جزوی طور پر پہلی خوشگوار باتیں تھیں جو گریگور نے اپنی قید کے بعد سنی تھیں۔

Había opinado que su padre no había quedado con nada de ese negocio.

ان کی رائے تھی کہ ان کے والد کے پاس اس کاروبار سے کچھ بھی نہیں بچا تھا۔

Al menos su padre no le había dicho lo contrario.

کم از کم اس کے والد نے اسے کچھ اور نہیں بتایا تھا

Y Gregor, sin embargo, no le había preguntado sobre ello.

لیکن گریگور نے اس سے اس کے بارے میں نہیں پوچھا تھا۔

La única preocupación de Gregor en ese momento era hacer todo lo posible para que la familia olvidara la desgracia empresarial lo más rápido posible.

اس وقت گریگور کی واحد فکر یہ تھی کہ وہ خاندان کو جلد از جلد کاروباری بدقسمتی کو بھولنے کے لئے ہر ممکن کوشش کرے۔

La desgracia empresarial que había llevado a todos a la más absoluta desesperanza.

کاروباری بدقسمتی جس نے سب کو مکمل ناامیدی میں لا کھڑا کیا تھا

Y así empezó a trabajar con un fuego muy especial.

اور اس طرح اس نے ایک بہت ہی خاص آگ کے ساتھ کام کرنا شروع کر دیا تھا۔

y de un pequeño oficinista se había convertido en un viajero casi de la noche a la mañana.

اور وہ ایک چھوٹے سے کلرک سے تقریباً راتوں رات مسافر بن گیا تھا۔

Como viajero, naturalmente tenía oportunidades completamente diferentes de ganar dinero.

ایک مسافر کی حیثیت سے اس کے پاس قدرتی طور پر پیسہ کمانے کے بالکل مختلف مواقع تھے۔

Los resultados del trabajo podrían convertirse inmediatamente en efectivo en forma de comisión.

کام کے نتائج کو فوری طور پر کمیشن کی شکل میں نقد میں تبدیل کیا جا سکتا ہے

Pudo poner el dinero sobre la mesa de la asombrada y feliz familia en casa.

وہ گھر پر حیرت زدہ اور خوش خاندان کی میز پر پیسے رکھنے کے قابل تھا

Aquellos eran buenos tiempos

وہ اچھے وقت تھے

Nunca más se habían repetido estos hermosos tiempos, al menos en este esplendor.

کم از کم اس شان و شوکت میں ان خوبصورت وقتوں کو پھر کبھی نہیں دہرایا گیا تھا۔

La gente ya se había acostumbrado a estos buenos tiempos, tanto la familia como Gregor.

لوگ ابھی ان اچھے وقتوں کے عادی ہو چکے تھے، خاندان اور گریگور دونوں

El dinero fue aceptado con gratitud y él lo entregó con mucho gusto.

یہ رقم شکر گزاری سے قبول کی گئی اور اس نے خوشی سے اسے سونپ دیا۔

Pero un calor especial ya no quería surgir.

لیکن ایک خاص گرم جوشی اب ابھرنا نہیں چاہتی تھی

Sólo su hermana permaneció cerca de Gregor.

صرف اس کی بہن گریگور کے قریب رہی۔

A diferencia de Gregor, a ella le encantaba mucho la música.

گریگور کے برعکس ، وہ موسیقی سے بہت محبت کرتی تھی۔

y sabía tocar el violín conmovedoramente

اور وہ دل کو چھو کر وائلن بجانا جانتی تھی

Su plan secreto era enviar a su hermana a la escuela de música el próximo año.

یہ ان کا خفیہ منصوبہ تھا کہ وہ اپنی بہن کو اگلے سال میوزک اسکول بھیجیں گے۔

Sin tener en cuenta los enormes costes que ello implicaría

اس کے بھاری اخراجات پر غور کیے بغیر

los costos que de alguna manera se cubrirían por otros medios

وہ اخراجات جو کسی نہ کسی طرح دوسرے ذرائع سے پورے کیے جائیں گے

Durante las cortas estancias de Gregor en la ciudad, la escuela de música se mencionaba a menudo en las conversaciones con su hermana.

شہر میں گریگور کے مختصر قیام کے دوران ، موسیقی کے اسکول کا اکثر اس کی بہن کے ساتھ گفتگو میں ذکر کیا جاتا تھا۔

Pero siempre se mencionó como un hermoso sueño, cuya realización estaba fuera de cuestión.

لیکن اسے ہمیشہ ایک خوبصورت خواب کے طور پر ذکر کیا گیا تھا ، جس کی تعبیر کا سوال ہی پیدا نہیں ہوتا تھا۔

Y a los padres ni siquiera les gustaba oír estas inocentes menciones.

اور والدین کو یہ معصوم باتیں سننا بھی پسند نہیں تھا۔

Pero Gregor pensó mucho en ello y quiso declararlo solemnemente en la víspera de Navidad.

لیکن گریگور نے اس کے بارے میں بہت مضبوطی سے سوچا اور کرسمس کے موقع پر اس کا اعلان کرنے کا ارادہ کیا۔

Tales pensamientos, bastante inútiles en su estado actual, pasaron por su cabeza.

اس طرح کے خیالات، جو اس کی موجودہ حالت میں بالکل بے کار تھے، اس کے دماغ سے گزرے۔

Mientras él estaba allí en la puerta y escuchaba

جب وہ دروازے پر کھڑا تھا اور سن رہا تھا

A veces ya no podía escuchar por el cansancio general.

کبھی کبھی وہ عام تھکاوٹ کی وجہ سے نہیں سن سکتا تھا۔

y dejó que su cabeza golpeara la puerta sin cuidado

اور اس نے لاپرواہی سے اپنا سر دروازے سے ٹکرانے دیا۔

pero inmediatamente volvió a sujetar su cabeza

لیکن اس نے فوراً اپنا سر دوبارہ تھام لیا

Porque incluso el pequeño ruido que había causado se escuchó en la puerta de al lado.

کیونکہ اس کی وجہ سے پیدا ہونے والی چھوٹی سی آواز بھی بغل میں سنائی دے رہی تھی۔

Y el ruido había silenciado a todos.

اور شور نے سب کو خاموش کر دیا تھا

«¿Qué está haciendo ahora?», dijo el padre después de un rato, volviéndose obviamente hacia la puerta.

"اب وہ کیا کر رہا ہے؟ "والد نے تھوڑی دیر بعد کہا، ظاہر ہے دروازے کی طرف مڑ گیا۔

Y sólo entonces la conversación interrumpida se reanudó gradualmente.

اور اس کے بعد ہی تعطل زدہ گفتگو آہستہ آہستہ دوبارہ شروع ہوئی۔

Gregor ahora se enteró de que a pesar de todas las desgracias, todavía quedaba allí una pequeña fortuna de los viejos tiempos.

گریگور کو اب پتہ چلا کہ تمام تر بدقسمتی کے باوجود، پرانے دنوں کی ایک بہت چھوٹی سی قسمت اب بھی موجود ہے۔

Porque el padre se repetía a menudo en sus explicaciones:

کیونکہ باپ اکثر اپنی وضاحتوں میں اپنے آپ کو دہراتا تھا:

En parte porque él mismo no se había ocupado de estas cosas durante mucho tiempo.

جزوی طور پر اس لئے کہ انہوں نے خود ایک طویل عرصے سے ان چیزوں سے نمٹا نہیں تھا۔

En parte porque la madre no entendió todo la primera vez.

جزوی طور پر اس لئے کہ ماں کو پہلی بار سب کچھ سمجھ میں نہیں آیا تھا

Mientras tanto, los tipos de interés intactos habían aumentado un poco.

اس دوران، غیر چھوئے گئے سود کی شرح میں تھوڑا سا اضافہ ہوا تھا۔

Además, el dinero que Gregor traía a casa cada mes no se
había gastado en su totalidad.

اس کے علاوہ، گریگور جو پیسہ ہر ماہ گھر لاتا تھا وہ مکمل طور پر
استعمال نہیں ہوا تھا۔

Él mismo sólo se había quedado con unos pocos florines.

اس نے خود اپنے لئے صرف چند گلڈر رکھے تھے

y el dinero se había acumulado en un pequeño capital

اور پیسہ ایک چھوٹے سے سرمائے میں جمع ہو گیا تھا

Gregor, detrás de su puerta, asintió con entusiasmo,
complacido por esta inesperada cautela y frugalidad.

گریگور نے اپنے دروازے کے پیچھے اس غیر متوقع احتیاط اور
کفایت شعاری سے خوش ہو کر بے چینی سے سر ہلایا۔

En realidad, podría haber utilizado estos fondos excedentes
para pagar la deuda de su padre con su jefe.

دراصل، وہ ان اضافی فنڈز کو اپنے باس کو اپنے والد کا قرض ادا
کرنے کے لئے استعمال کر سکتا تھا۔

Y el día en que pudiera deshacerse de ese puesto habría
estado mucho más cerca.

اور وہ دن جب وہ اس عہدے سے چھٹکارا حاصل کر سکتا تھا، بہت
قریب ہوتا۔

Pero ahora sin duda era mejor como lo había dispuesto el
padre.

لیکن اب یہ بلاشبہ بہتر تھا جس طرح والد نے اس کا انتظام کیا تھا۔

Pero este dinero no era suficiente para que la familia pudiera
vivir de los intereses.

لیکن یہ پیسہ فیملی کو سود سے گزارا کرنے کے لیے کافی نہیں تھا۔

Tal vez fuera suficiente para mantener a la familia durante
uno o dos años como máximo, pero eso era todo.

زیادہ سے زیادہ ایک یا دو سال تک فیملی کی کفالت کرنا شاید کافی تھا،
لیکن بس اتنا ہی تھا

Así que era simplemente una suma que en realidad no se
permitía tocar.

تو یہ صرف ایک رقم تھی جسے اصل میں چھونے کی اجازت نہیں
تھی۔

una suma que debía reservarse para emergencias

ایک رقم جسے ہنگامی حالات کے لئے الگ رکھنا پڑا

Pero había que ganar el dinero para vivir.

لیکن آپ کو زندہ رہنے کے لئے پیسہ کمانا پڑا

Ahora bien, el padre era un hombre sano pero anciano que no había trabajado durante cinco años.

اب والد ایک صحت مند لیکن بوڑھا آدمی تھا جس نے پانچ سال سے کام نہیں کیا تھا۔

Pero un anciano que ciertamente no tenía mucha confianza en sí mismo.

لیکن ایک بوڑھا آدمی جسے یقینی طور پر اپنے آپ پر زیادہ اعتماد نہیں تھا

Había engordado mucho en estos cinco años.

اس نے ان پانچ سالوں میں بہت زیادہ چربی ڈال دی تھی

Fueron las primeras vacaciones de su ardua y sin embargo infructuosa vida.

یہ ان کی مشکل اور ناکام زندگی کی پہلی چھٹی تھی۔

y se había vuelto bastante torpe

اور وہ بالکل بے حس ہو گیا تھا

¿Y la anciana madre debería ahora quizás ganar dinero?

اور بوڑھی ماں کو اب شاید پیسے کمانے چاہئیں؟

¿La anciana madre que sufría de asma?

بوڑھی ماں جو دمہ میں مبتلا تھی؟

El paseo por el apartamento ya le causó tensión.

اپارٹمنٹ میں چہل قدمی پہلے ہی اس کے تناؤ کا سبب بنی

¿La anciana madre que pasaba todos los días en el sofá junto a la ventana abierta con dificultad para respirar?

وہ بوڑھی ماں جو ہر دوسرا دن کھلی کھڑکی کے پاس صوفے پر سانس لینے میں دشواری میں گزارتی تھی؟

¿Y la hermana debe ganar dinero?

اور بہن کو پیسہ کمانا چاہئے؟

La hermana que todavía era una niña a los diecisiete años.

وہ بہن جو سترہ سال کی عمر میں بھی بچہ تھی

Ella sabía que su forma de vida anterior era muy envidiable.

وہ جانتی تھی کہ اس کا پچھلا طرز زندگی بہت قابل رشک تھا۔

Su forma de vida anterior consistía en vestirse bien, dormir hasta tarde y ayudar en la casa.

اس کی پچھلی طرز زندگی میں اچھی طرح سے کپڑے پہننا، دیر سے سونا اور گھر میں مدد کرنا شامل تھا۔

¿La hermana que sólo tuvo unos pocos placeres modestos?

وہ بہن جس کے پاس صرف چند معمولی خوشیاں تھیں؟

¿La hermana a quien le gustaba principalmente tocar el violín?

وہ بہن جو بنیادی طور پر وائلن بجانے سے لطف اندوز ہوتی تھی؟

Cuando la conversación giraba en torno a esa necesidad de ganar dinero, Gregor siempre era el primero en abrir la puerta.

جب بات چیت پیسے کمانے کی اس ضرورت کی طرف مڑ گئی، تو گریگور ہمیشہ سب سے پہلے دروازہ چھوڑنے والا تھا۔

y se dejó caer en el fresco sofá de cuero junto a la puerta.

اور اس نے اپنے آپ کو دروازے کے ساتھ چمڑے کے ٹھنڈے صوفے پر پھینک دیا۔

porque estaba ardiendo de vergüenza y de dolor

کیونکہ وہ شرمندگی اور غم سے بھرا ہوا تھا

A menudo se quedaba allí acostado toda la noche.

وہ اکثر ساری رات وہاں لیٹا رہتا تھا۔

No durmió ni un momento y se limitó a rascarse el cuero durante horas.

وہ ایک لمحے کے لیے بھی نہیں سویا اور گھنٹوں چمڑے پر کھرچتا رہا۔

O no rehuyó el gran esfuerzo de empujar un sillón hasta la ventana.

یا وہ کھڑکی کی طرف کرسی کو دھکیلنے کی عظیم کوشش سے پیچھے نہیں ہٹے۔

Se arrastró hasta el alféizar de la ventana y, apoyado en el sillón, se apoyó contra la ventana.

وہ کھڑکی کی کھڑکی پر رینگ کر آیا اور کرسی پر کھڑے ہو کر کھڑکی کے سامنے جھک گیا۔

Aparentemente sólo para encontrar algo liberador en algún recuerdo.

بظاہر صرف کسی یاد میں کچھ آزاد چیز تلاش کرنے کے لئے

La sensación liberadora que había encontrado anteriormente al mirar por la ventana.

وہ آزادی کا احساس جو اس نے پہلے کھڑکی سے باہر دیکھنے میں پایا تھا

De hecho, día tras día veía cosas que estaban incluso un

poco lejanas cada vez más confusas.

درحقیقت، اس نے روز بروز ایسی چیزیں دیکھی ہیں جو تھوڑی سی دور بھی تھیں اور زیادہ سے زیادہ غیر واضح تھیں۔

El hospital de enfrente, cuya presencia tan frecuente había maldecido anteriormente.

اس کے سامنے کا ہسپتال، جس کو اس نے پہلے بہت بار دیکھا تھا

Ya no podía ver el hospital

وہ اب ہسپتال نہیں دیکھ سکتا تھا

Y si no hubiera sabido exactamente que vivía en la tranquila pero completamente urbana Charlottenstrasse, podría haber pensado que estaba mirando por su ventana hacia una zona desierta.

اور اگر اسے بالکل معلوم نہ ہوتا کہ وہ پرسکون لیکن مکمل طور پر شہری شارلٹن اسٹراس میں رہتا ہے، تو شاید اس نے سوچا ہوگا کہ وہ اپنی کھڑکی سے باہر ایک ویران علاقے میں دیکھ رہا ہے۔

Un páramo en el que el cielo gris y la tierra gris se fundían de manera indistinguible.

ایک بنجر زمین جس میں سرمئی آسمان اور سرمئی زمین الگ الگ طور پر ضم ہو گئے تھے

Sólo dos veces la atenta hermana se dio cuenta de que la silla estaba junto a la ventana.

صرف دو بار محتاط بہن نے دیکھا کہ کرسی کھڑکی کے پاس ہے

Después de ordenar la habitación, empujó la silla hacia la ventana.

کمرے میں داخل ہونے کے بعد، اس نے کرسی کو واپس کھڑکی کی طرف دھکیل دیا۔

Y desde entonces incluso dejó abierta la ventana interior.

اور اب سے اس نے اندرونی کھڑکی کو بھی کھلا چھوڑ دیا۔

Ojalá Gregor hubiera podido hablar con su hermana y agradecerle por todo.

کاش گریگور اپنی بہن سے بات کر سکتا اور ہر چیز کے لئے اس کا شکریہ ادا کر سکتا۔

Entonces habría tolerado más fácilmente sus servicios.

پھر وہ ان کی خدمات کو زیادہ آسانی سے برداشت کر لیتا۔

Pero tal como estaban las cosas, él sólo sufrió por ello.

لیکن جیسا کہ یہ تھا، وہ صرف اس سے متاثر ہوا

La hermana, por supuesto, intentó disimular lo más posible

la vergüenza de todo el asunto.

بہن نے، یقیناً، پوری چیز کی شرمندگی کو ہر ممکن حد تک دھندلا کرنے کی کوشش کی

Y cuanto más tiempo pasaba, más éxito le daba, por supuesto.

اور جتنا زیادہ وقت گزرتا گیا، اتنا ہی بہتر وہ کامیاب ہوا، یقیناً

Pero Gregor también vio todo mucho más claramente con el tiempo.

لیکن گریگور نے بھی وقت کے ساتھ ساتھ ہر چیز کو زیادہ واضح طور پر دیکھا۔

Incluso su entrada a su habitación fue terrible para él.

یہاں تک کہ اس کے کمرے میں داخل ہونا بھی اس کے لئے خوفناک تھا۔

Tan pronto como entró, corrió directamente a la ventana sin tomarse el tiempo de cerrar la puerta.

اندر داخل ہوتے ہی وہ دروازہ بند کرنے کا وقت لیے بغیر سیدھی کھڑکی کی طرف بھاگی۔

Por mucho que se preocupara de evitar que todos vieran la habitación de Gregor.

گریگور کے کمرے کی نظر سے سب کو بچانے کے لئے اس نے اتنا ہی خیال رکھا۔

Y abrió la ventana con manos apresuradas, como si estuviera a punto de asfixiarse.

اور اس نے جلد بازی میں ہاتھوں سے کھڑکی کھول دی، جیسے اس کا دم گھٹ رہا ہو۔

y se quedó un rato en la ventana, aunque hacía mucho frío, y respiró profundamente.

اور وہ تھوڑی دیر کھڑکی کے پاس رہی، حالانکہ یہ بہت سردی تھی، اور گہری سانس لی۔

Con este correr y este ruido asustaba a Gregorio dos veces al día.

اس دوڑ اور شور سے اس نے اس دن میں دو بار گریگور کو ڈرایا۔

Todo el tiempo estuvo temblando debajo del sofá.

سارا وقت وہ صوفے کے نیچے کانپ رہا تھا

y él sabía muy bien que ella seguramente lo habría perdonado con mucho gusto.

اور وہ اچھی طرح جانتا تھا کہ وہ یقینی طور پر خوشی سے اسے بچا لے گی۔

Ojalá hubiera podido quedarse en una habitación donde estaba Gregor con la ventana cerrada.

کاش وہ ایک ایسے کمرے میں رہ پاتی جہاں گریگور کھڑکی بند کر کے تھا۔

Una vez llegó un poco antes de lo habitual.

ایک دفعہ وہ معمول سے کچھ پہلے آگئی

Probablemente había pasado un mes desde la transformación de Gregor.

گریگور کی تبدیلی کو شاید ایک مہینہ ہو چکا تھا

Y ya no había ningún motivo especial para que la hermana se sorprendiera por la aparición de Gregor.

اور اب بہن کے لئے گریگور کی ظاہری شکل سے حیران ہونے کی کوئی خاص وجہ نہیں تھی۔

Y encontró a Gregor, inmóvil y de un humor aterrador, mirando por la ventana.

اور اس نے گریگور کو دیکھا، جو بے حرکت اور خوفناک موڈ میں تھا، کھڑکی سے باہر دیکھ رہا تھا۔

No habría sido inesperado para Gregor si ella no hubiera entrado.

گریگور کے لئے یہ غیر متوقع نہیں ہوتا اگر وہ داخل نہ ہوتی۔

porque su posición le impedía abrir la ventana inmediatamente

کیونکہ اس کی پوزیشن نے اسے فوری طور پر کھڑکی کھولنے سے روک دیا تھا۔

Pero no sólo no entró, sino que incluso retrocedió y cerró la puerta.

لیکن نہ صرف وہ اندر داخل نہیں ہوئی بلکہ وہ پیچھے ہٹ گئی اور دروازہ بند کر دیا۔

Un extraño podría haber pensado que Gregor la acechaba y quería morderla.

کوئی اجنبی سوچ سکتا تھا کہ گریگور اس کے انتظار میں لیٹا ہوا ہے اور اسے کاٹنا چاہتا ہے۔

Gregor, por supuesto, se escondió inmediatamente debajo del sofá.

یقیناً گریگور فوری طور پر صوفے کے نیچے چھپ گیا۔

Pero tuvo que esperar hasta el mediodía antes de que su hermana regresara.

لیکن اسے اپنی بہن کے واپس آنے سے پہلے دوپہر تک انتظار کرنا پڑا۔

y parecía mucho más inquieta de lo habitual

اور وہ معمول سے کہیں زیادہ بے چین لگ رہی تھی

Se dio cuenta de que verlo todavía era insoportable para ella.

اسے احساس ہوا کہ اس کا نظارہ اب بھی اس کے لئے ناقابل برداشت ہے۔

Y también se dio cuenta de que verlo seguiría siendo insoportable para ella.

اور اسے یہ بھی احساس ہوا کہ اس کا نظارہ اس کے لئے ناقابل برداشت رہے گا۔

Ella tuvo que hacer un gran esfuerzo para no huir de la vista de ni siquiera una pequeña parte de su cuerpo.

اسے اپنے جسم کے ایک چھوٹے سے حصے کو بھی نظروں سے دور نہ بھاگنے کے لئے خود پر قابو پانا تھا۔

La vista de su cuerpo sobresaliendo ligeramente del sofá.

اس کے جسم کو صوفے سے تھوڑا سا باہر نکلتا ہوا دیکھنا

Para ahorrarle ese espectáculo, un día llevó la sábana sobre su espalda hasta el sofá.

اسے یہ نظارہ چھوڑنے کے لئے، ایک دن اس نے چادر کو اپنی پیٹھ پر اٹھا کر صوفے پر پہنچا دیا۔

y dispuso la sábana de tal manera que ahora estaba completamente oculto

اور اس نے چادر کو اس طرح ترتیب دیا کہ اب وہ مکمل طور پر چھپا ہوا تھا۔

de modo que la hermana, aunque se agachara, no pudiera verlo

تاکہ بہن جھک کر بھی اسے نہ دیکھ سکے۔

Le tomó cuatro horas completar este trabajo.

اس کام کو مکمل کرنے میں انہیں چار گھنٹے لگے۔

Si no creyera que esta hoja era necesaria, podría haberla quitado.

اگر اسے نہیں لگتا کہ یہ شیٹ ضروری ہے، تو وہ اسے ہٹا سکتی تھی

Estaba claro que Gregor no podía disfrutar encerrándose tan completamente en sí mismo.

یہ بات کافی واضح تھی کہ گریگور کے لیے اپنے آپ کو مکمل طور پر بند کرنا خوشی کی بات نہیں ہو سکتی۔

pero dejó la sábana como estaba

لیکن اس نے چادر کو ویسے ہی چھوڑ دیا جیسے وہ تھا

Y Gregor incluso creyó haber captado una mirada agradecida.

اور گریگور نے یہ بھی سوچا کہ اس نے ایک شکر گزار نظر پکڑی ہے

Cuando una vez levantó suavemente la sábana un poco con la cabeza

جب اس نے ایک بار آہستہ سے اپنے سر سے چادر کو تھوڑا سا اٹھایا

para ver cómo reaccionó la hermana al nuevo arreglo

یہ دیکھنے کے لئے کہ بہن نے نئے انتظام پر کیا رد عمل ظاہر کیا

Durante los primeros catorce días, los padres no pudieron animarse a venir a verlo.

پہلے چودہ دنوں کے دوران، والدین خود کو اس سے ملنے کے لئے نہیں لا سکے۔

y a menudo los escuchaba reconocer plenamente el trabajo actual de la hermana.

اور وہ اکثر انہیں بہن کے موجودہ کام کو مکمل طور پر تسلیم کرتے ہوئے سنتا تھا۔

A pesar de que a menudo se habían enfadado con su hermana.

اگرچہ وہ اکثر اپنی بہن سے ناراض رہتے تھے۔

porque les había parecido una muchacha algo inútil

کیونکہ وہ انہیں کسی حد تک بیکار لڑکی لگ رہی تھی

Pero ahora tanto el padre como la madre esperaban a menudo fuera de la habitación de Gregor.

لیکن اب باپ اور ماں دونوں اکثر گریگور کے کمرے کے باہر انتظار کرتے تھے۔

Mientras la hermana estaba limpiando

جب بہن صفائی کر رہی تھی

Y tan pronto como salió, tuvo que decir exactamente cómo era la habitación.

اور جیسے ہی وہ باہر آئی، اسے بالکل بتانا پڑا کہ کمرہ کیسا دکھائی

دیتا ہے۔

»¿Qué comió Gregorio?«

"گریگور نے کیا کھایا؟"

»¿Cómo se comportó esta vez?«

"اس بار اس نے کیسا برتاؤ کیا؟"

«¿Quizás se notó una ligera mejoría?»

"کیا شاید کوئی معمولی بہتری دیکھنے کو ملی تھی؟"

Por cierto, la madre quería visitar a Gregor relativamente pronto.

ماں، ویسے، نسبتا جلد ہی گریگور سے ملنا چاہتی تھی

Pero su padre y su hermana inicialmente la frenaron con razones racionales.

لیکن اس کے والد اور بہن نے ابتدائی طور پر عقلی وجوہات کی بنا پر اسے روک دیا۔

Razones que Gregor escuchó con mucha atención y que aprobó plenamente.

وہ وجوہات جن کو گریگور نے بہت توجہ سے سنا اور جسے اس نے مکمل طور پر منظور کیا۔

Más tarde, sin embargo, tuvieron que ser retenidos por la fuerza.

تاہم بعد میں انہیں زبردستی روکنا پڑا۔

«¡Déjame ir con Gregor, es mi desdichado hijo!»

"مجھے گریگور کے پاس جانے دو، وہ میرا بدقسمت بیٹا ہے"!

¿No entiendes que tengo que ir a verlo?

کیا تم نہیں سمجھتے کہ مجھے اس کے پاس جانا ہے؟

Entonces Gregor pensó que quizás sería bueno que su madre viniera.

پھر گریگور نے سوچا کہ شاید یہ اچھا ہوگا اگر اس کی ماں اندر آ جائے۔

No todos los días, por supuesto, pero quizás una vez a la semana.

یقینا ہر دن نہیں، لیکن شاید ہفتے میں ایک بار

Ella entendía todo mucho mejor que su hermana.

وہ سب کچھ اپنی بہن سے بہتر سمجھتی تھی

La hermana que, a pesar de todo su coraje, era todavía sólo una niña.

وہ بہن جو اپنی تمام تر ہمت کے باوجود ابھی صرف ایک بچہ تھی

y, en última instancia, es posible que haya asumido una tarea tan difícil sólo por imprudencia infantil.

اور حتمی تجزیے میں ہو سکتا ہے کہ اس نے ایسا مشکل کام صرف بچگانہ لاپروائی کی وجہ سے کیا ہو۔

El deseo de Gregor de ver a su madre pronto se hizo realidad.

گریگور کی اپنی ماں سے ملنے کی خواہش جلد ہی پوری ہو گئی

Durante el día, Gregor no quería asomarse a la ventana por consideración a sus padres.

دن کے دوران، گریگور اپنے والدین کی دیکھ بھال کی وجہ سے کھڑکی پر اپنے آپ کو ظاہر نہیں کرنا چاہتا تھا

No podía arrastrarse mucho por los pocos metros cuadrados de suelo.

وہ فرش کے چند مربع میٹر پر زیادہ رینگ نہیں سکتا تھا

Le resultaba difícil permanecer quieto durante la noche.

اسے رات کے وقت لیٹنا مشکل لگتا تھا

Comer ya no le producía el más mínimo placer.

کھانے سے اب اسے ذرا سی بھی خوشی نہیں ملتی تھی

Y así, para distraerse, tomó la costumbre de arrastrarse de un lado a otro por las paredes y los techos.

اس لیے اس نے اپنا دھیان بھٹکانے کے لیے دیواروں اور چھتوں پر آگے پیچھے رینگنے کی عادت اختیار کر لی۔

Le gustaba especialmente colgarlo en el techo.

وہ خاص طور پر چھت پر لٹکنا پسند کرتا تھا

Fue completamente diferente a estar tirado en el suelo.

یہ فرش پر لیٹنے سے بالکل مختلف تھا

Respiraste más libremente; una ligera vibración recorrió tu cuerpo.

آپ نے زیادہ آزادانہ سانس لی۔ ایک ہلکا سا ارتعاش آپ کے جسم میں چلا گیا

Y en la casi feliz distracción en la que se encontraba Gregor allí arriba, podía suceder que, para su propia sorpresa, se soltara y cayera al suelo.

اور گریگور نے جس خوشگوار الجھن میں خود کو وہاں پایا، اس میں یہ ہو سکتا ہے کہ، اس کی اپنی حیرت کی وجہ سے، اس نے اسے چھوڑ دیا اور زمین سے ٹکرا گیا۔

Pero ahora, por supuesto, tenía control sobre su cuerpo de

una manera completamente diferente a la anterior.

لیکن اب، یقیناً، اس نے اپنے جسم پر پہلے سے بالکل مختلف طریقے سے کنٹرول کیا تھا.

y no se hizo daño en una caída tan fuerte

اور اس نے اتنے بڑے زوال میں اپنے آپ کو نقصان نہیں پہنچایا

La hermana se dio cuenta inmediatamente del nuevo entretenimiento que Gregor había encontrado para sí mismo.

بہن نے فوری طور پر اس نئی تفریح پر اس توجہ دی جو گریگور نے اپنے لئے تلاش کی تھی۔

También dejó rastros de su adhesivo aquí y allá mientras se arrastraba.

رینگتے ہوئے اس نے اپنی چپکنے والی چیزوں کے نشانات بھی ادھر ادھر چھوڑے۔

Y entonces se le metió en la cabeza permitir que Gregor pudiera gatear lo máximo posible.

اور پھر اس نے اسے اپنے سر میں لیا تاکہ گریگور کو زیادہ سے زیادہ حد تک رینگنے کے قابل بنایا جاسکے۔

y decidió quitar los muebles que impedían sus movimientos

اور اس نے فرنیچر کو ہٹانے کا فیصلہ کیا جو اس کی نقل و حرکت کو روکتا تھا

especialmente la caja y el escritorio

خاص طور پر باکس اور ڈیسک

Pero por supuesto, ella no podía hacerlo sola.

لیکن ظاہر ہے کہ وہ اکیلے یہ کرنے کے قابل نہیں تھا

Ella no se atrevió a pedirle ayuda a su padre.

اس نے اپنے والد سے مدد مانگنے کی ہمت نہیں کی

La criada seguramente no la habría ayudado.

نوکرانی یقینی طور پر اس کی مدد نہیں کرے گی

porque esta muchacha, de unos dieciséis años, había estado trabajando valientemente desde el despido del ex cocinero

کیونکہ یہ لڑکی، جس کی عمر تقریبا سولہ سال تھی، سابق باورچی کی برطرفی کے بعد سے بہادری سے کام کر رہی تھی۔

Pero ella había pedido el privilegio de que se le permitiera mantener la cocina cerrada en todo momento.

لیکن اس نے باورچی خانے کو ہر وقت بند رکھنے کی اجازت دینے کا

استحقاق مانگا تھا۔

y pidió abrir solo en llamadas especiales

اور اس نے صرف خصوصی کال پر کھولنے کے لئے کہا

Así que la hermana no tuvo más remedio que ir a buscar a su madre en ausencia de su padre.

لہذا بہن کے پاس اپنے والد کی غیر موجودگی میں اپنی ماں کو لانے کے علاوہ کوئی چارہ نہیں تھا۔

Con gritos de emocionada alegría llegó también la madre.

خوشی کی چیخوں کے ساتھ ماں بھی آ گئی

Pero ella se quedó en silencio en la puerta de la habitación de Gregor.

لیکن وہ گریگور کے کمرے کے دروازے پر خاموش ہو گئی۔

Primero, por supuesto, la hermana comprobó que todo en la habitación estaba bien.

سب سے پہلے، یقیناً، بہن نے چیک کیا کہ کمرے میں سب کچھ ٹھیک ہے یا نہیں۔

Sólo entonces dejó entrar a su madre.

تبھی اس نے اپنی ماں کو اندر داخل ہونے دیا

Gregor había tirado apresuradamente de la sábana más profundamente y en más pliegues.

گریگور نے جلد بازی میں چادر کو مزید گہرائی میں اور مزید تہہ میں کھینچ لیا تھا۔

Todo esto realmente parecía una sábana tirada al azar sobre el sofá.

پوری چیز واقعی صوفے پر بے ترتیب پھینکی گئی چادر کی طرح لگ رہی تھی

Gregor también se abstuvo de espiar bajo la sábana.

گریگور نے چادر کے نیچے جاسوسی کرنے سے بھی گریز کیا

decidió no ver a su madre esta vez

اس نے اس بار اپنی ماں کو نہ دیکھنے کا فیصلہ کیا

Y él estaba contento de que ella hubiera venido después de todo.

اور وہ صرف خوش تھا کہ آخر وہ آ گیا تھا

Vamos, no puedes verlo, dijo la hermana.

چلو، تم اسے نہیں دیکھ سکتے، بہن نے کہا

y aparentemente llevaba a su madre de la mano

اور بظاہر وہ اپنی ماں کو ہاتھ سے پکڑکر لے گئی

Gregor ahora oyó a las dos débiles mujeres mover la vieja y
pesada caja de su lugar.

گریگور نے اب دو کمزور عورتوں کو بھاری پرانے ڈبے کو اس کی
جگہ سے ہٹاتے ہوئے سنا۔

y escuchó cómo la hermana siempre reclamaba la mayor
parte del trabajo para ella.

اور اس نے سنا کہ کس طرح بہن ہمیشہ اپنے لئے زیادہ تر کام کا دعوی
کرتی ہے

Ella hizo esto sin escuchar las advertencias de su madre,
quien temía que se esforzara demasiado.

اس نے اپنی ماں کی تنبیہات کو سنے بغیر ایسا کیا ، جسے ڈر تھا کہ وہ
خود پر زیادہ زور دے گی۔

Tomó mucho tiempo

اس میں بہت لمبا وقت لگا

Después de unos quince minutos de trabajo, la madre dijo
que sería mejor dejar la caja aquí.

تقریبا پندرہ منٹ کے کام کے بعد ماں نے کہا کہ ڈبہ یہیں چھوڑ دینا
بہتر ہوگا۔

Porque en primer lugar la caja es demasiado pesada.

کیونکہ سب سے پہلے باکس بہت بھاری ہے

No terminarían antes de que llegara el padre.

وہ باپ کے آنے سے پہلے ختم نہیں کریں گے

Y usarían la caja en el medio de la habitación para bloquear
todos los caminos de Gregor.

اور وہ گریگور کے ہر راستے کو روکنے کے لئے کمرے کے وسط
میں موجود باکس کا استعمال کرتے تھے۔

En segundo lugar, no es del todo seguro que Gregor se
hiciera un favor a sí mismo al retirar los muebles.

دوسری بات یہ ہے کہ یہ بالکل یقینی نہیں ہے کہ گریگور فرنیچر ہٹا کر
خود پر احسان کر رہا تھا۔

Parece que ocurre lo contrario.

ایسا لگتا ہے کہ معاملہ اس کے برعکس ہے

La visión de la pared vacía casi le pesaba en el corazón.

خالی دیوار کا نظارہ اس کے دل پر تقریبا بوجھ ڈال رہا تھا

¿Y por qué no debería Gregor tener también este

sentimiento?

اور گریگور کو بھی یہ احساس کیوں نہیں ہونا چاہئے؟

ya que ya está acostumbrado a los muebles de la habitación
y por lo tanto se sentirá abandonado en la habitación vacía

چونکہ وہ پہلے سے ہی کمرے میں فرنیچر کا عادی ہے اور اس لئے
خالی کمرے میں لاوارث محسوس کرے گا۔

-¿Y no es así? -concluyó la madre en voz muy baja, casi
susurrando-.

"اور کیا ایسا نہیں ہے؟" "ماں نے بڑی خاموشی سے کہا، اور وہ تقریبا
سرگوشی کر رہی تھی۔

Como si quisiera evitar a Gregor, cuyo paradero exacto no
conocía, ni siquiera oyendo el sonido de la voz.

گویا وہ گریگور سے بچنا چاہتی تھی، جس کا صحیح ٹھکانہ وہ نہیں
جانتی تھی، یہاں تک کہ آواز کی آواز بھی سن رہی تھی۔

porque estaba convencida de que él no entendía las palabras

کیونکہ اسے یقین تھا کہ وہ الفاظ کو نہیں سمجھتا تھا

¿Y no es como si al quitar los muebles estuviéramos
demostrando que renunciamos a toda esperanza de mejora?

اور کیا ایسا نہیں ہے کہ فرنیچر ہٹا کر ہم یہ ظاہر کر رہے تھے کہ ہم
بہتری کی تمام امیدیں چھوڑ رہے ہیں؟

»¿No te parece como si estuviéramos dejándolo librado a sus
propios recursos de manera imprudente?

"کیا ایسا نہیں لگتا کہ ہم لاپرواہی سے اسے اس کے اپنے آلات پر
چھوڑ رہے ہیں؟"

»Creo que lo mejor sería que intentáramos mantener la
habitación exactamente como estaba antes«

"میرے خیال میں یہ بہتر ہوگا کہ ہم کمرے کو بالکل اسی طرح رکھنے
کی کوشش کریں جیسے وہ پہلے تھا۔

»Para que cuando Gregorio regrese con nosotros, encuentre
todo igual.«

"تاکہ جب گریگور ہمارے پاس واپس آئے، تو وہ سب کچھ تبدیل نہیں
کرے گا"

»para que pueda olvidar más fácilmente el período
intermedio«

"تاکہ وہ عبوری مدت کو زیادہ آسانی سے بھول سکے"

Cuando Gregor escuchó estas palabras de su madre, se dio
cuenta de algo.

جب گریگور نے اپنی ماں سے یہ الفاظ سنے تو اسے کچھ احساس ہوا۔

En el transcurso de estos dos meses su mente se había vuelto confusa.

ان دو مہینوں کے دوران اس کا ذہن الجھن کا شکار ہو گیا تھا۔

la falta de cualquier contacto humano directo

کسی بھی براہ راست انسانی رابطے کی کمی

asociado a la vida monótona en el seno de la familia

خاندان کے درمیان یکتا زندگی سے وابستہ

Porque de otra manera no podía explicar cómo pudo haber exigido seriamente que se vaciara su habitación.

کیونکہ وہ اس بات کی وضاحت نہیں کر سکتا تھا کہ وہ اپنے کمرے کو خالی کرنے کا سنجیدگی سے مطالبہ کیسے کر سکتا تھا۔

¿Realmente quería que aquella cálida habitación, cómodamente amueblada con muebles heredados, se convirtiera en una cueva?

کیا وہ واقعی اس گرم کمرے کو، جو وراثت میں ملنے والے فرنیچر سے آراستہ تھا، ایک غار میں تبدیل کرنا چاہتا تھا؟

Una cueva en la que podía arrastrarse en todas direcciones sin ser molestado.

ایک غار جس میں وہ ہر سمت سے بغیر کسی رکاوٹ کے رینگ سکتا تھا

Pero esto bajo un olvido simultáneo, rápido y completo de su pasado humano.

لیکن یہ بیک وقت، تیز رفتار، اپنے انسانی ماضی کو مکمل طور پر بھولنے کے تحت ہے

¿Estaba ya cerca de olvidar?

کیا وہ پہلے ہی بھولنے کے قریب تھا؟

Sólo la voz de su madre, que hacía tiempo que no oía, lo había sacudido.

صرف اس کی ماں کی آواز، جو اس نے کافی عرصے سے نہیں سنی تھی، نے اسے ہلا کر رکھ دیا تھا۔

No se debía quitar nada, todo debía permanecer.

کچھ بھی نہیں ہٹایا جانا چاہئے، سب کچھ رہنا تھا

No podía prescindir de los efectos positivos que los muebles tenían sobre su estado.

وہ اپنی حالت پر فرنیچر کے مثبت اثرات کے بغیر نہیں رہ سکتا تھا

Y si los muebles le impedían arrastrarse sin sentido, no

había problema.

اور اگر فرنیچر اسے بے حس رینگنے سے روکتا ہے، تو اس میں کوئی حرج نہیں تھا۔

En cambio, fue una gran ventaja

اس کے بجائے یہ ایک بہت بڑا فائدہ تھا

Pero lamentablemente la hermana tenía una opinión diferente.

لیکن بدقسمتی سے بہن کی رائے مختلف تھی۔

Ella había adquirido el hábito de actuar como una experta especial cuando discutía los deseos de Gregor con sus padres.

جب وہ اپنے والدین کے ساتھ گریگور کی خواہشات پر تبادلہ خیال کرتی تھی تو اسے ایک خاص ماہر کے طور پر کام کرنے کی عادت پڑ گئی تھی۔

Sin embargo, aquí no estaba del todo injustificado.

تاہم، یہ یہاں مکمل طور پر غیر منصفانہ نہیں تھا۔

Y ahora el consejo de la madre era razón suficiente para que la hermana insistiera en la remoción.

اور اس لیے اب ماں کا مشورہ ہی اتنی وجہ تھی کہ بہن اسے ہٹانے پر اصرار کرے۔

pero no solo el retiro de la caja y el escritorio, sino también todos los muebles

لیکن نہ صرف باکس اور ڈیسک کو ہٹانا، بلکہ تمام فرنیچر کو بھی ہٹانا

con excepción del indispensable sofá

لازمی صوفے کو چھوڑ کر

Por supuesto, no fue sólo un desafío infantil lo que la llevó a hacer esta demanda.

یقینا، یہ صرف بچگانہ نافرمانی نہیں تھی جس نے اسے یہ مطالبہ کرنے پر مجبور کیا۔

No fue su confianza en sí misma recientemente adquirida, tan inesperada y difícil de conseguir.

یہ ان کی حال ہی میں حاصل کردہ خود اعتمادی نہیں تھی، اتنی غیر متوقع اور سخت محنت سے جیتی گئی تھی۔

De hecho, había observado que Gregor necesitaba mucho espacio para gatear.

اس نے واقعی مشاہدہ کیا تھا کہ گریگور کو رینگنے کے لئے بہت زیادہ

جگہ کی ضرورت ہے

Por otra parte, los muebles, hasta donde se podía ver, no eran en absoluto utilizables.

دوسری طرف ، فرنیچر ، جہاں تک کوئی دیکھ سکتا ہے ، کم سے کم قابل استعمال نہیں تھا۔

Pero quizás el espíritu romántico de las chicas de su edad también jugó un papel.

لیکن شاید اس کی عمر کی لڑکیوں کے رومانوی جذبے نے بھی کردار ادا کیا۔

El deseo que busca satisfacción en cada oportunidad para hacer aún más aterradora la situación de Gregor.

وہ خواہش جو گریگور کی صورتحال کو مزید خوفناک بنانے کے ہر موقع پر اطمینان حاصل کرنا چاہتی ہے

para poder hacer aún más por él de lo que había hecho hasta ahora

تاکہ وہ اس کے لیے اب تک سے کہیں زیادہ کام کر سکے۔

El espíritu entusiasta con el que Grete ahora se dejó seducir

وہ پرجوش جذبہ جس کے ذریعے گریٹ نے اب خود کو بہکانے کی اجازت دی

Porque en una habitación donde sólo Gregor dominaba las paredes vacías, nadie excepto Grete se atrevería a entrar.

کیونکہ ایک ایسے کمرے میں جہاں گریگور اکیلے خالی دیواروں پر غلبہ رکھتا تھا ، گریٹ کے علاوہ کوئی بھی کبھی بھی اندر داخل ہونے کی ہمت نہیں کرے گا۔

Y así no dejó que su madre la disuadiera de su decisión.

اور اس لیے اس نے اپنی ماں کو اپنے فیصلے سے باز نہیں آنے دیا۔

Bueno, Gregor todavía podría prescindir de la caja en caso de emergencia.

ٹھیک ہے ، گریگور اب بھی ہنگامی صورتحال میں باکس کے بغیر کام کر سکتا ہے

pero el escritorio tuvo que quedarse

لیکن میز کو رہنا پڑا

Y apenas las mujeres habían salido de la habitación con la caja cuando Gregor asomó la cabeza por debajo del sofá.

اور عورتیں بمشکل ڈبے کے ساتھ کمرے سے باہر نکلی تھیں کہ گریگور نے صوفے کے نیچے سے اپنا سر باہر نکالا۔

para ver cómo podría intervenir con el mayor cuidado y consideración posible

یہ دیکھنے کے لئے کہ وہ کس طرح احتیاط سے اور جتنا ممکن ہو غور سے مداخلت کر سکتا ہے

Pero desafortunadamente fue la madre quien regresó primero.

لیکن بدقسمتی سے یہ ماں تھی جو سب سے پہلے واپس آئی۔

Mientras Grete sostenía la caja en la habitación de al lado.

جبکہ گریٹ نے باکس کو اگلے کمرے میں رکھا ہوا تھا۔

Ella balanceaba la caja de un lado a otro sola, sin moverla de su lugar, por supuesto.

اس نے ڈبے کو اپنی جگہ سے ہٹائے بغیر اکیلے آگے پیچھے گھمایا، یقیناً

Pero la madre no estaba acostumbrada a ver a Gregor, podría haberla enfermado.

لیکن ماں گریگور کو دیکھنے کی عادی نہیں تھی، وہ اسے بیمار کر سکتا تھا

Y entonces Gregor, asustado, corrió hacia atrás hasta el otro extremo del sofá.

اور اس طرح گریگور ڈر کر پیچھے کی طرف بھاگا اور صوفے کے دوسرے سرے کی طرف چلا گیا۔

Pero ya no pudo evitar que la sábana se moviera un poco hacia delante.

لیکن اب وہ چادر کو سامنے سے تھوڑا سا حرکت کرنے سے نہیں روک سکتا تھا۔

Eso fue suficiente para llamar la atención de la madre.

یہ ماں کی توجہ حاصل کرنے کے لئے کافی تھا

Ella hizo una pausa, se quedó quieta por un momento y luego regresó con Grete.

وہ رک گئی، ایک لمحے کے لئے خاموش کھڑی رہی، اور پھر گریٹے واپس چلی گئی۔

Gregor se repetía una y otra vez que no estaba sucediendo nada inusual.

گریگور اپنے آپ کو بتاتا رہا کہ کچھ بھی غیر معمولی نہیں ہو رہا ہے

Son solo algunos muebles que se han movido.

یہ صرف فرنیچر کے چند ٹکڑے ہیں جنہیں منتقل کیا گیا ہے

Pero pronto tuvo que admitir que sí le afectaba.

لیکن اسے جلد ہی یہ تسلیم کرنا پڑا کہ اس نے اسے متاثر کیا۔

Este ir y venir de las mujeres, sus pequeños llamados, el rasguño de los muebles en el suelo.

عورتوں کا آگے پیچھے چلنا، ان کی چھوٹی چھوٹی آوازیں، فرش پر فرنیچر کی خراشیں

como una gran agitación alimentada por todos lados

ایک بہت بڑی افراتفری کی طرح جو ہر طرف سے پیدا ہوا ہے

Tiró de su cabeza y piernas hacia él tan fuerte como pudo.

اس نے اپنے سر اور ٹانگوں کو اپنی طرف مضبوطی سے کھینچ لیا۔

y presionó el cuerpo contra el suelo

اور اس نے لاش کو زمین پر دبا دیا

Y, inevitablemente, se dijo a sí mismo que no podría soportar esto por mucho tiempo.

اور لامحالہ اس نے اپنے آپ سے کہا کہ وہ اسے زیادہ دیر تک برداشت نہیں کر سکے گا۔

Vaciaron su habitación y se llevaron todo lo que amaba.

انہوں نے اس کا کمرہ صاف کر دیا اور وہ سب کچھ لے گئے جو اسے پسند تھا۔

Ya habían sacado la caja que contenía la sierra caladora y otras herramientas.

وہ پہلے ہی اس ڈبے کو انجام دے چکے تھے جس میں جیگسا اور دیگر اوزار موجود تھے۔

Ahora aflojaron el escritorio que ya estaba firmemente enterrado en el suelo.

اب انہوں نے میز کو ڈھیلا کر دیا جو پہلے ہی مضبوطی سے زمین میں دفن تھی۔

El escritorio en el que había escrito sus tareas como licenciado en empresariales y como estudiante.

وہ ڈیسک جس پر انہوں نے بزنس گریجویٹ اور ایک طالب علم کی حیثیت سے اپنی ذمہ داریاں لکھی تھیں۔

Sí, incluso cuando era estudiante de primaria trabajó en este escritorio.

جی ہاں، پرائمری اسکول کے طالب علم کے طور پر بھی وہ اس ڈیسک پر کام کرتے تھے

Realmente no tuvo tiempo de comprobar las buenas intenciones.

اس کے پاس واقعی اچھے ارادوں کی جانچ کرنے کا وقت نہیں تھا

A pesar de que las dos mujeres realmente tenían buenas intenciones.

اس حقیقت کے باوجود کہ دونوں خواتین واقعی اچھے ارادے رکھتی تھیں

Casi había olvidado su existencia.

وہ اپنے وجود کو تقریبا بھول چکا تھا

Porque ya estaban trabajando en silencio por el cansancio.

کیونکہ وہ پہلے ہی تھکاوٹ سے خاموشی سے کام کر رہے تھے

y solo se podía escuchar el fuerte golpeteo de sus pies

اور کوئی صرف ان کے پیروں کی بھاری تھپکی سن سکتا تھا

Y así estalló

اور اس طرح وہ پھوٹ پڑا

Las mujeres se apoyaban en el escritorio de la habitación contigua para recuperar el aliento.

عورتیں سانس لینے کے لئے اگلے کمرے میں میز پر جھکی ہوئی تھیں

Cambió la dirección de su carrera cuatro veces

انہوں نے اپنی دوڑ کا رخ چار بار تبدیل کیا۔

Realmente no sabía qué salvar primero

وہ واقعی نہیں جانتا تھا کہ پہلے کیا بچانا ہے

Allí vio el retrato de la dama vestida con pieles colgado llamativamente en la pared por lo demás vacía.

وہاں اس نے کھال میں ملبوس اس عورت کی تصویر دیکھی جو خالی دیوار پر واضح طور پر لٹک رہی تھی۔

Se arrastró rápidamente y se apretó contra el cristal.

وہ تیزی سے رینگ نے لگا اور اپنے آپ کو شیشے پر دبا لیا۔

El vaso que lo sostenía y reconfortaba su vientre caliente.

وہ گلاس جس نے اسے پکڑا اور اس کے گرم پیٹ کو تسلی دی

Al menos este cuadro, que Gregor había tapado por completo, seguramente no sería quitado.

یہ تصویر، کم از کم، جسے گریگور نے اب مکمل طور پر ڈھانپ لیا ہے، یقینی طور پر چھینا نہیں جائے گا

Giró la cabeza hacia la puerta de la sala de estar para ver a las mujeres regresar.

اس نے اپنا سر کمرے کے دروازے کی طرف موڑا تاکہ عورتوں کو واپس آتے ہوئے دیکھ سکے۔

No se habían permitido mucho descanso y regresaron.

انہوں نے خود کو زیادہ آرام کرنے کی اجازت نہیں دی تھی اور واپس آ گئے تھے۔

Grete había puesto su brazo alrededor de su madre y casi la estaba cargando.

گریٹ نے اپنا بازو اپنی ماں کے گرد رکھا ہوا تھا اور اسے تقریبا اٹھا رہی تھی۔

«¿Qué nos llevamos ahora?», dijo Grete y miró a su alrededor.

"تو اب ہم کیا کریں؟ "گریٹ نے کہا اور چاروں طرف دیکھا۔

Entonces sus ojos se encontraron con los de Gregor en la pared.

پھر اس کی نظریں دیوار پر لگی گریگور سے ملیں۔

Probablemente fue solo debido a la presencia de su madre que mantuvo la compostura.

یہ شاید صرف اس کی ماں کی موجودگی کی وجہ سے تھا کہ اس نے اپنا سکون برقرار رکھا۔

Inclinó la cara hacia su madre para evitar que mirara a su alrededor.

اس نے اپنا چہرہ اپنی ماں کی طرف جھکا یا تاکہ اسے ارد گرد دیکھنے سے روکا جا سکے۔

Y ella dijo, aunque temblorosa y desconsiderada:

اور اس نے کانپتے ہوئے اور بے فکر ہو کر کہا:

Vamos, ¿no deberíamos volver a la sala de estar por un momento?

چلو، کیا ہمیں ایک لمحے کے لئے کمرے میں واپس نہیں جانا چاہئے؟

La intención de Grete estaba clara para Gregor.

گریٹ کا ارادہ گریگور کے لئے واضح تھا

Ella quería poner a su madre a salvo.

وہ اپنی ماں کو محفوظ مقام پر لانا چاہتی تھی

Y luego ella quiso perseguirlo desde la pared.

اور پھر وہ اسے دیوار سے نیچے دھکیلنا چاہتی تھی۔

Bueno, ¡al menos podría intentarlo!

ٹھیک ہے، کم از کم وہ کوشش کر سکتا ہے!

Se sentó sobre su foto y no la abandonó.

وہ اپنی تصویر پر بیٹھ گیا اور اسے نہیں چھوڑا

Preferiría saltarle en la cara a Grete.

اس کے بجائے وہ گریٹ کے چہرے پر چھلانگ لگانا چاہتا تھا

Pero las palabras de Grete preocuparon aún más a su madre.

لیکن گریٹ کے الفاظ نے اس کی ماں کو اور بھی پریشان کر دیا تھا۔

Ella se hizo a un lado y vio la enorme mancha marrón en el papel tapiz floreado.

اس نے ایک طرف قدم بڑھایا اور پھولوں والے وال پیپر پر بڑے بھورے رنگ کا دھبہ دیکھا۔

Antes de darse cuenta, gritó que era Gregor.

اس سے پہلے کہ اسے اس کا احساس ہو، اس نے چیخ کر کہا کہ یہ گریگور ہے۔

con voz ronca y chillona: "¡Oh Dios, oh Dios!"

چیختی ہوئی آواز میں" :اے خدا، اے خدا!

y cayó con los brazos abiertos, como si lo entregara todo, sobre el sofá.

اور وہ ہاتھ پھیلا کر گر پڑی، جیسے وہ سب کچھ چھوڑ رہی ہو، صوفے پر

Y luego ella no se movió

اور پھر وہ حرکت نہیں کرتا تھا

—¡Tú, Gregor! —gritó la hermana con el puño en alto y una mirada penetrante.

"تم، گریگور "!بہن نے مٹھی اٹھا کر اور گہری نظروں سے پکارا۔

Éstas fueron las primeras palabras que le había dicho directamente desde la transformación.

یہ وہ پہلے الفاظ تھے جو انہوں نے تبدیلی کے بعد ان سے براہ راست کہے تھے۔

Corrió a la habitación de al lado para conseguir alguna esencia con la que pudiera despertar a su madre de su inconsciencia.

وہ اگلے کمرے میں بھاگی تاکہ کچھ جوہر حاصل کر سکے جس سے وہ اپنی ماں کو اس کی بے ہوشی سے جگا سکے۔

Gregor también quería ayudar.

گریگور بھی مدد کرنا چاہتا تھا

Todavía había tiempo para salvar la imagen.

تصویر کو محفوظ کرنے کے لئے ابھی بھی وقت تھا

Pero se quedó pegado al cristal y tuvo que apartarse con fuerza.

لیکن وہ مضبوطی سے شیشے سے چپک گیا اور اسے خود کو طاقت سے پھاڑنا پڑا۔

Luego corrió a la habitación de al lado como si pudiera darle algún consejo a su hermana.

اس کے بعد وہ بھاگ کر اگلے کمرے میں چلا گیا جیسے وہ اپنی بہن کو کوئی مشورہ دے سکے۔

pero él tuvo que quedarse de brazos cruzados detrás de ella mientras ella hurgaba en varias botellas.

لیکن جب وہ مختلف بوتلوں میں گھوم رہی تھی تو اسے اس کے پیچھے خاموش کھڑا ہونا پڑا۔

Y todavía la asustó cuando se dio la vuelta.

اور جب وہ پیچھے مڑ گئی تو وہ اب بھی اسے ڈراتا تھا

Una botella cayó al suelo y se rompió

ایک بوتل فرش پر گر گئی اور ٹوٹ گئی

Una astilla hirió a Gregor en la cara.

گریگور کے چہرے پر چوٹ لگی

Una medicina corrosiva lo rodeaba.

کسی ضرر رساں دوا نے اسے گھیر لیا

Grete ahora, sin detenerse más, tomó tantas botellas como pudo.

گریٹ نے اب مزید رکے بغیر اتنی ہی بوتلیں لے لیں جتنی وہ پکڑ سکتی تھیں۔

y corrió con los frascos de medicinas hacia su madre

اور وہ دوا کی بوتلیں لے کر اپنی ماں کے پاس بھاگی۔

Ella cerró la puerta con el pie.

اس نے اپنے پاؤں سے دروازہ کھٹکھٹایا

Gregor ahora estaba separado de su madre, quien quizás estaba cerca de morir debido a sus acciones.

گریگور اب اپنی ماں سے کٹ گیا تھا ، جو شاید اپنے اعمال کی وجہ سے موت کے قریب تھی۔

No le permitían abrir la puerta si no quería echar a su hermana, que tenía que quedarse con su madre.

اگر وہ اپنی بہن کو بھگانا نہیں چاہتا تھا تو اسے دروازہ کھولنے کی اجازت نہیں تھی ، جسے اپنی ماں کے ساتھ رہنا تھا۔

Ahora no tenía nada que hacer más que esperar.

اب اس کے پاس انتظار کرنے کے سوا کچھ نہیں تھا

Y acosado por el autorreproche y la ansiedad, comenzó a gatear.

اور خود کو بدنام کرنے اور اضطراب میں مبتلا ہو کر وہ رینگنے لگا۔

Se arrastró por todo: paredes, muebles y techo.

وہ ہر چیز پر رینگتا رہا۔ دیواریں، فرنیچر اور چھت

Toda la habitación empezó a girar a su alrededor.

پورا کمرہ اس کے گرد گھومنے لگا۔

y finalmente cayó desesperado sobre la gran mesa

اور آخر کار وہ مایوسی میں بڑی میز پر گر گیا۔

Pasó un rato y Gregor yacía allí exhausto.

تھوڑی دیر گزری، گریگور تھک کر وہیں پڑا رہا۔

Todo estaba tranquilo, tal vez eso era una buena señal.

چاروں طرف خاموشی تھی، شاید یہ ایک اچھی علامت تھی

Entonces sonó el timbre.

پھر دروازے کی گھنٹی بجی

La niña, por supuesto, estaba encerrada en su cocina y Grete tuvo que ir a abrirla.

لڑکی یقینا اپنے باورچی خانے میں بند تھی اور گریٹ کو جانا پڑا اور اسے کھولنا پڑا۔

Fue el padre quien vino

وہ باپ تھا جو آیا تھا

«¿Qué pasó?», fueron sus primeras palabras.

"کیا ہوا؟ "یہ اس کے پہلے الفاظ تھے

La aparición de Grete probablemente le había dicho todo.

گریٹ کی ظاہری شکل نے شاید اسے سب کچھ بتا دیا تھا

Grete respondió con voz apagada.

گریٹ نے دھیمی آواز میں جواب دیا

Al parecer presionó su cara contra el pecho de su padre.

بظاہر اس نے اپنا چہرہ اپنے والد کے سینے پر دبایا

La madre estaba inconsciente, pero ya se siente mejor.

ماں بے ہوش تھی، لیکن وہ پہلے ہی بہتر محسوس کر رہی ہے

Gregor ha escapado, añadió.

گریگور فرار ہو گیا ہے، اس نے مزید کہا

«Me lo esperaba», dijo el padre.

"مجھے اس کی توقع تھی۔ "والد نے کہا۔

Siempre os lo he dicho, pero vosotras las mujeres no queréis escuchar.

میں نے ہمیشہ آپ سے کہا ہے، لیکن آپ عورتیں سننا نہیں چاہتیں

Para Gregor estaba claro que su padre había malinterpretado el mensaje demasiado breve de Grete.

گریگور پر یہ واضح تھا کہ اس کے والد نے گریٹ کے بہت مختصر پیغام کی غلط تشریح کی تھی۔

Supuso que Gregor había cometido algún acto de violencia.

اس نے فرض کیا کہ گریگور نے کسی تشدد کا ارتکاب کیا ہے

Por eso Gregor tuvo que intentar ahora apaciguar a su padre.

لہذا گریگور کو اب اپنے والد کو خوش کرنے کی کوشش کرنی پڑی۔

porque no tuvo ni el tiempo ni la oportunidad de ilustrarlo

کیونکہ اس کے پاس نہ تو وقت تھا اور نہ ہی موقع کہ وہ اسے روشن کرے۔

Y así huyó a la puerta de su habitación y se apretó contra ella.

اور اس طرح وہ اپنے کمرے کے دروازے کی طرف بھاگ گیا اور اپنے آپ کو اس کے خلاف دبایا۔

para que el padre pudiera verlo inmediatamente desde la antesala al entrar

تاکہ والد داخل ہوتے وقت اسے فوری طور پر کمرے سے دیکھ سکے۔

Gregor tenía toda la intención de regresar a su habitación inmediatamente.

گریگور فوری طور پر اپنے کمرے میں واپس آنے کا ارادہ رکھتا تھا

No hay necesidad de hacerlo retroceder

اسے واپس لے جانے کی کوئی ضرورت نہیں ہے

Sólo había que abrir la puerta y desaparecía inmediatamente.

ایک کو صرف دروازہ کھولنا تھا اور وہ فوری طور پر غائب ہو جاتا تھا۔

Pero el padre no estaba de humor para notar tales sutilezas.

لیکن والد اس طرح کی باریکیوں کو محسوس کرنے کے موڈ میں نہیں تھے۔

«¡Ah!», exclamó nada más entrar.

"اوہ !"اندر داخل ہوتے ہی اس نے کہا۔

Como si estuviera enojado y feliz al mismo tiempo

گویا وہ ایک ہی وقت میں غصہ اور خوش تھا

Gregor apartó la cabeza de la puerta y la levantó hacia su

padre.

گریگور نے دروازے سے اپنا سر پیچھے کھینچا اور اسے اپنے والد کی طرف اٹھایا۔

Realmente no se había imaginado a su padre parado allí así.

اس نے واقعی تصور بھی نہیں کیا تھا کہ اس کے والد اس طرح وہاں کھڑے ہوں گے۔

Sin embargo, en los últimos tiempos, debido a su nuevo y alocado andar a gatas, había descuidado prestar atención a lo que estaba sucediendo en el resto del apartamento como solía hacer.

تاہم، حالیہ دنوں میں، اپنے نئے پنکھے رینگنے کی وجہ سے، انہوں نے اس بات پر توجہ دینے سے گریز کیا تھا کہ باقی اپارٹمنٹ میں کیا ہو رہا ہے جیسا کہ وہ کرتے تھے۔

Debería haber estado preparado para afrontar circunstancias cambiadas.

اسے بدلے ہوئے حالات کا سامنا کرنے کے لئے تیار رہنا چاہئے تھا

Pero ¿era todavía ese el padre?

لیکن کیا وہ اب بھی باپ تھا؟

¿Era todavía el mismo hombre que yacía cansado en la cama cuando Gregor partió para un viaje de negocios?

کیا وہ اب بھی وہی شخص تھا جو بستر پر تھکا ہوا پڑا تھا جب گریگور ایک کاروباری سفر کے لئے روانہ ہوا تھا؟

¿Era todavía el mismo hombre que lo había recibido en bata en su sillón las tardes en que regresaba a casa?

کیا وہ اب بھی وہی شخص تھا جس نے شام کو گھر لوٹنے کے دن اپنی آرام کرسی پر اپنے ڈریسنگ گاؤن میں اس کا استقبال کیا تھا؟

¿Era todavía el mismo hombre, incapaz realmente de levantarse para recibirlo?

کیا وہ اب بھی وہی آدمی تھا، جو واقعی اس کا استقبال کرنے کے لئے اٹھنے کے قابل نہیں تھا؟

¿Era todavía el mismo hombre que había levantado los brazos en señal de alegría para darle la bienvenida?

کیا وہ اب بھی وہی شخص تھا جس نے اس کا استقبال کرنے کے لئے خوشی کی علامت کے طور پر اپنے بازو اٹھائے تھے؟

¿Era todavía el mismo hombre con el que paseaba algunos domingos al año?

کیا وہ اب بھی وہی شخص تھا جس کے ساتھ وہ سال میں چند اتوار کو چہل قدمی کے لیے جاتا تھا؟

Paseos raros juntos en las fiestas más altas

سب سے زیادہ تعطیلات پر ایک ساتھ نایاب چہل قدمی

Entre Gregorio y su madre, que ya caminaba lentamente.

گریگور اور اس کی ماں کے درمیان، جو پہلے ہی آہستہ آہستہ چل رہی تھی

Y aún así fueron un poco más lentos para él.

اور پھر بھی وہ اس کے لئے تھوڑا آہستہ چلے گئے۔

¿Era todavía el mismo hombre que se envolvía en su viejo abrigo durante estos paseos?

کیا وہ اب بھی وہی شخص تھا جس نے ان چہل قدمی کے دوران اپنے پرانے کوٹ میں خود کو لپیٹ لیا تھا؟

¿Era todavía el mismo hombre que cuidadosamente, con su bastón, se abría camino hacia adelante?

کیا وہ اب بھی وہی شخص تھا جس نے اپنی چھڑی کے ساتھ احتیاط سے آگے بڑھنے کا کام کیا تھا؟

¿Y era todavía el mismo hombre que, en estos paseos, cuando quería decir algo, casi siempre se detenía y reunía a sus compañeros a su alrededor?

اور کیا وہ اب بھی وہی شخص تھا جو ان چہل قدمی کے دوران جب کچھ کہنا چاہتا تھا تو تقریبا ہمیشہ رک جاتا تھا اور اپنے ساتھیوں کو اپنے ارد گرد جمع کر لیتا تھا؟

Pero ahora estaba bien erguido.

لیکن اب وہ بالکل سیدھا تھا

Estaba vestido con un uniforme ajustado de color azul con botones dorados, como los que usan los empleados de las instituciones bancarias.

وہ سونے کے بٹن کے ساتھ ایک تنگ نیلے رنگ کی وردی میں ملبوس تھے، جیسا کہ بینکنگ اداروں کے ملازمین پہنتے ہیں۔

Por encima del alto y rígido cuello de su abrigo se desarrollaba su fuerte papada.

اس کے کوٹ کے اونچے سخت کالر کے اوپر، اس کی مضبوط ڈبل ٹھوڑی تیار ہوئی۔

Debajo de las pobladas cejas, la mirada de los ojos negros parecía fresca y atenta.

جھاڑیوں والی بھنوؤں کے نیچے سے کالی آنکھوں کی شکل تازہ اور محتاط دکھائی دے رہی تھی۔

El cabello blanco despeinado estaba peinado hacia abajo en una raya meticulosa.

سفید بالوں کو باریک بینی سے الگ کیا گیا تھا۔

Arrojó su gorra, en la que estaba fijado un monograma dorado, probablemente el de un banco, sobre el sofá.

اس نے اپنی ٹوپی، جس پر سونے کا مونوگرام چسپاں تھا، شاید بینک کا، صوفے پر پھینک دیا۔

Los extremos de su larga chaqueta de uniforme estaban vueltos hacia atrás y sus manos estaban en los bolsillos de sus pantalones.

اس کی لمبی یونیفارم جیکٹ کے سرے پیچھے مڑ گئے، اس کے ہاتھ پتلون کی جیبوں میں تھے۔

Y caminó hacia Gregor con cara sombría.

اور وہ ایک تلخ چہرے کے ساتھ گریگور کی طرف بڑھا۔

Probablemente ni siquiera sabía lo que estaba planeando.

وہ شاید یہ بھی نہیں جانتا تھا کہ وہ کیا منصوبہ بنا رہا ہے

Al menos levantó los pies inusualmente alto.

کم از کم اس نے اپنے پاؤں غیر معمولی طور پر اونچے اٹھائے

y Gregor se quedó asombrado por el gigantesco tamaño de las suelas de sus botas

اور گریگور اپنے جوتے کے تلووں کے بڑے سائز پر حیران تھا۔

Pero no se detuvo allí.

لیکن وہ یہیں نہیں رکا

Supo desde el primer día de su nueva vida que su padre consideraba que sólo la mayor severidad era apropiada para él.

وہ اپنی نئی زندگی کے پہلے دن سے ہی جانتا تھا کہ اس کے والد صرف سب سے بڑی شدت کو اس کے لئے مناسب سمجھتے تھے۔

Y así se escapó de su padre.

اور اس طرح وہ اپنے باپ سے بھاگ گیا

Hizo una pausa cuando su padre se detuvo.

جب اس کے والد رک گئے تو وہ رک گیا

y corrió hacia adelante nuevamente tan pronto como su padre se movió

اور جیسے ہی اس کے والد آگے بڑھے وہ دوبارہ آگے بڑھا۔

Así que dieron varias vueltas por la sala sin que ocurriera nada decisivo.

لہذا انہوں نے کمرے کے ارد گرد کئی چکر لگائے اور کچھ بھی فیصلہ کن نہیں ہوا۔

Sin que todo parezca una persecución debido a su ritmo lento.

پوری چیز کو اس کی سست رفتار کی وجہ سے تعاقب کی ظاہری شکل کے بغیر

Por eso Gregor también se quedó en el suelo por el momento.

اس لیے گریگور بھی کچھ وقت کے لیے فرش پر رہا۔

El padre podría considerar que escapar hacia las paredes o el techo es particularmente perverso.

والد دیواروں یا چھت سے فرار کو خاص طور پر برا سمجھ سکتا ہے

Sin embargo, Gregor tuvo que convencerse a sí mismo de que no podría seguir así por mucho tiempo.

تاہم ، گریگور کو اپنے آپ کو بتانا پڑا کہ وہ اس دوڑ کو زیادہ دیر تک جاری نہیں رکھ سکے گا۔

porque mientras el padre daba un paso, tenía que realizar una miríada de movimientos

کیونکہ جب والد نے ایک قدم اٹھایا تو اسے بے شمار حرکات و سکنات انجام دینی پڑیں۔

La falta de aire ya empezaba a hacerse sentir.

سانس کی تکلیف پہلے ہی خود کو محسوس کرنے لگی تھی

Tampoco había tenido un pulmón completamente confiable en sus primeros días.

اس کے ابتدائی دنوں میں بھی مکمل طور پر قابل اعتماد پھیپھڑے نہیں تھے۔

Se tambaleó para reunir todas sus fuerzas para la carrera.

وہ دوڑ کے لئے اپنی ساری طاقت جمع کرنے کے لئے آگے بڑھ گیا۔

Estaba tan cansado que apenas podía mantener los ojos abiertos.

وہ اتنا تھکا ہوا تھا کہ مشکل سے اپنی آنکھیں کھلی رکھ سکتا تھا۔

En su estupidez ni siquiera pensó en correr a buscar otro rescate.

اپنی بے وقوفی میں اس نے ایک اور بچاؤ کے لئے بھاگنے کے بارے میں سوچا بھی نہیں تھا

Casi había olvidado que las paredes estaban libres.

وہ تقریبا بھول گیا تھا کہ دیواریں آزاد ہیں

Y entonces, ligeramente arrojado, algo voló a su lado.

اور پھر، تھوڑا سا پھینکا گیا، اس کے بغل میں کچھ اڑ گیا

y delante de él rodaba una manzana

اور اس کے سامنے ایک سیب لٹکا دیا۔

Una segunda manzana también pasó volando junto a él.

ایک دوسرا سیب بھی اس کے اوپر سے گزرگیا۔

Gregor se detuvo en estado de shock, era inútil seguir corriendo.

گریگور صدمے میں رک گیا، دوڑنا جاری رکھنا بیکار تھا

Porque el padre había decidido bombardearlo.

کیونکہ باپ نے اس پر بم باری کرنے کا فیصلہ کر لیا تھا

Se había llenado los bolsillos con el frutero que había en el aparador.

اس نے سائیڈ بورڈ پر پھلوں کے پیالے سے اپنی جیبیں بھر لی تھیں۔

Y ahora, sin apuntar con precisión, lanzó manzana tras manzana.

اور اب، تیز ہدف بنائے بغیر، اس نے سیب کے بعد سیب پھینک دیا

Estas pequeñas manzanas rojas rodaban por el suelo como si estuvieran electrificadas y chocaban entre sí.

یہ ننھے سرخ سیب زمین پر اس طرح گھومرہے تھے جیسے بجلی سے بھرے ہوئے ہوں اور ایک دوسرے سے ٹکرا گئے ہوں۔

Una manzana lanzada débilmente rozó la espalda de Gregor, pero se deslizó sin hacerle daño.

ایک کمزور پھینکا ہوا سیب گریگور کی پیٹھ کو چرا رہا تھا، لیکن بے ضرر طریقے سے پھسل گیا۔

Una manzana que voló inmediatamente tras él penetró en la espalda de Gregor.

ایک سیب جو فوری طور پر اس کے پیچھے اڑ گیا وہ گریگور کی پیٹھ میں گھس گیا۔

Gregor quería seguir arrastrándose, como si el sorprendente e increíble dolor pudiera desaparecer con el cambio de ubicación.

گریگور اپنے آپ کو گھسیٹنا چاہتا تھا، جیسے کہ حیرت انگیز، ناقابل یقین درد مقام کی تبدیلی کے ساتھ غائب ہوسکتا ہے۔

pero se sentía como si estuviera clavado

لیکن اسے ایسا لگا جیسے اسے کیل مار دیا گیا ہو

y se estiró en completa confusión de todos los sentidos.

اور اس نے اپنے آپ کو تمام حواس کی مکمل الجھن میں پھیلا لیا۔

Sólo con su última mirada vio que la puerta de su habitación se abría de golpe.

صرف اپنی آخری نظر سے اس نے دیکھا کہ اس کے کمرے کا دروازہ پھٹا ہوا ہے۔

y vio a la madre salir corriendo delante de la hermana que gritaba

اور اس نے دیکھا کہ ماں چیختی ہوئی بہن کے سامنے بھاگ رہی ہے۔

Ella estaba en camisa porque su hermana la había desvestido.

وہ اپنی قمیص میں تھی کیونکہ اس کی بہن نے اسے کپڑے پہنائے تھے

Para darle espacio para respirar en su inconsciencia.

اسے بے ہوشی میں سانس لینے کی جگہ دینے کے لئے

Vio como la madre corría hacia el padre

اس نے دیکھا کہ کس طرح ماں باپ کی طرف بھاگی

y vio como su falda desatada se deslizaba al suelo una tras otra

اور اس نے دیکھا کہ کس طرح اس کی بغیر باندھی ہوئی اسکرٹ ایک کے بعد ایک زمین پر پھسلتی چلی گئی۔

y la vio tropezar con su falda mientras se acercaba a su padre

اور جب وہ اپنے والد کے پاس پہنچی تو اس نے اسے اپنی اسکرٹ پر ٹھوکر مارتے ہوئے دیکھا۔

En completa unión con su cuerpo, la vista de Gregor también falló.

اپنے جسم کے ساتھ مکمل اتحاد میں ، گریگور کی بینائی بھی ناکام ہوگئی۔

Abrazándolo, pidió que le perdonaran la vida a Gregor.

اسے گلے لگاتے ہوئے اس نے گریگور کی جان بچانے کا مطالبہ کیا۔

Gregor sufrió la grave lesión durante más de un mes.

گریگور کو ایک ماہ سے زیادہ عرصے تک شدید چوٹ کا سامنا کرنا پڑا۔

La manzana quedó porque nadie se atrevió a quitarla.

سیب باقی رہا کیونکہ کسی نے اسے ہٹانے کی ہمت نہیں کی

La manzana permaneció en la pulpa como un recordatorio visible.

سیب ایک واضح یاد دہانی کے طور پر گوشت میں رہا

Incluso al padre se le recordó que no se debía tratar a Gregor como a un enemigo.

یہاں تک کہ والد کو بھی یاد دلایا گیا کہ گریگور کے ساتھ دشمن کی طرح سلوک نہیں کیا جانا چاہئے۔

A pesar de su triste y repugnante apariencia actual, era un miembro de la familia.

اپنی موجودہ اداس اور گھناؤنی شکل کے باوجود ، وہ خاندان کا ایک رکن تھا۔

La renuencia tuvo que ser tragada y tolerada.

ہچکچاہٹ کو نگلنا اور برداشت کرنا پڑا

Debido a su herida, probablemente perdió su movilidad para siempre.

اس کے زخم کی وجہ سے ، اس کی نقل و حرکت شاید ہمیشہ کے لئے کھو گئی تھی۔

Por el momento pasó largos, largos minutos cruzando su habitación.

کچھ وقت کے لئے اس نے اپنے کمرے کو پار کرنے میں لمبے اور لمبے منٹ گزارے۔

Arrastrarse en las alturas estaba fuera de cuestión

بلندیوں پر رینگنے کا سوال ہی پیدا نہیں ہوتا تھا

Pero recibió lo que consideró una compensación completamente adecuada por este deterioro de su condición.

لیکن اسے وہ معاوضہ ملا جسے وہ اپنی حالت کی اس خرابی کے لئے مکمل طور پر مناسب معاوضہ سمجھتا تھا۔

Siempre por la noche se le abría la puerta del salón.

ہمیشہ شام کو اس کے لئے کمرے کا دروازہ کھول دیا جاتا تھا۔

Solía vigilar atentamente la puerta una o dos horas antes.

وہ ایک یا دو گھنٹے پہلے سے دروازے کو قریب سے دیکھتا تھا۔

Así pudo, acostado en la oscuridad de su habitación, invisible desde la sala de estar, ver a toda la familia en la mesa iluminada.

تاکہ وہ اپنے کمرے کے اندھیرے میں لیٹا ہوا، لیونگ روم سے غائب ہو کر، روشن میز پر پورے خاندان کو دیکھ سکے۔

Se le permitió escuchar sus discursos, con permiso general, de una manera muy diferente a como lo hacía antes.

انہیں عام اجازت کے ساتھ ان کی تقاریر سننے کی اجازت تھی، پہلے سے بالکل مختلف طریقے سے۔

Por supuesto, ya no existían las animadas conversaciones de épocas anteriores.

ظاہر ہے، اب پہلے زمانے کی جاندار بات چیت نہیں تھی

Las conversaciones del pasado en las que Gregor siempre había pensado con cierta nostalgia en las pequeñas habitaciones del hotel.

ماضی کی وہ وہ گفتگو جس کے بارے میں گریگور نے ہمیشہ ہوٹل کے چھوٹے چھوٹے کمروں میں کسی خواہش کے ساتھ سوچا تھا۔

Los momentos en que tuvo que arrojarse cansado sobre las sábanas húmedas.

وہ وقت جب اسے تھکے ہوئے بستر کے گیلے کپڑوں میں پھینکنا پڑتا تھا

Ahora estaba mayormente muy tranquilo.

اب یہ زیادہ تر بہت خاموش تھا

El padre se quedó dormido en su sillón poco después de la cena.

رات کے کھانے کے فورا بعد والد اپنی کرسی پر سو گئے

La madre y la hermana se pidieron mutuamente que guardaran silencio.

ماں اور بہن نے ایک دوسرے کو خاموش رہنے کی تلقین کی

La madre, inclinada sobre la luz, cosía lino fino para una tienda de moda.

ماں نے روشنی کے اوپر بہت دور جھک کر فیشن اسٹور کے لیے عمدہ کپڑے پہنے۔

La hermana, que había conseguido un trabajo como vendedora, aprendió taquigrafía y francés por las tardes.

بہن، جس نے سیلز وومن کے طور پر ملازمت اختیار کی تھی، شام کو شارٹ ہینڈ اور فرانسیسی سیکھتی تھی

para que tal vez pudiera conseguir un mejor puesto de trabajo más adelante

تاکہ شاید وہ بعد میں ایک بہتر ملازمت کی پوزیشن حاصل کرسکے۔

A veces el padre se despertaba y, como si no supiera que había estado durmiendo, le decía a su madre:

کبھی کبھار والد بیدار ہو جاتے اور جیسے انہیں معلوم ہی نہ ہو کہ وہ سو رہے ہیں، انہوں نے اپنی ماں سے کہا:

«¡Has estado cosiendo mucho tiempo hoy!»

"تم آج اتنے عرصے سے سلائی کر رہے ہو"!

Y luego inmediatamente se quedó dormido otra vez, mientras madre y hermana se sonreían cansadamente.

اور پھر وہ فوری طور پر دوبارہ سو گیا، جبکہ ماں اور بہن ایک دوسرے کو دیکھ کر مسکرا رہے تھے۔

Con una especie de terquedad, el padre se negó a quitarse el uniforme de sirviente incluso en casa.

ایک طرح کی ضد کے ساتھ والد نے گھر پر بھی نوکر کی وردی اتارنے سے انکار کر دیا۔

Y mientras la bata colgaba inútilmente en el perchero, el padre dormía completamente vestido en su lugar.

اور جب ڈریسنگ گاؤن کوٹ ہک پر بیکار لٹکا ہوا تھا، والد اپنی جگہ پر پوری طرح سے کپڑے پہن کر سو گئے تھے۔

Como si siempre estuviera listo para su servicio y estuviera esperando la voz de su superior.

گویا وہ ہمیشہ اپنی خدمت کے لئے تیار رہتا تھا اور اپنے بزرگ کی آواز کا انتظار کر رہا ہوتا تھا۔

Como resultado, el uniforme, que al principio no era nuevo, perdió su limpieza a pesar de todos los cuidados de la madre y la hermana.

نتیجتا یونیفارم، جو شروع میں نیا نہیں تھا، ماں اور بہن کی تمام تر دیکھ بھال کے باوجود اپنی صفائی کھو بیٹھا۔

Y Gregor a menudo pasaba tardes enteras mirando ese uniforme lleno de manchas y botones dorados.

اور گریگور اکثر ساری شام سونے کے بٹن والی وردی پر اس سب کو دیکھنے میں گزارتے تھے۔

Observó cómo el anciano dormía de forma incómoda pero en paz.

وہ دیکھ رہا تھا کہ بوڑھا آدمی سب سے زیادہ بے آرامی سے لیکن پرسکون طریقے سے سو رہا ہے

Tan pronto como el reloj dio las diez, la madre intentó despertar al padre hablándole en voz baja.

گھڑی کے دس بجتے ہی ماں نے خاموشی سے بول کر باپ کو جگانے کی کوشش کی۔

Y luego lo convenció de irse a la cama.

اور پھر اس نے اسے بستر پر جانے کے لئے راضی کیا

Porque aquí no era un sueño real

کیونکہ یہاں یہ حقیقی نیند نہیں تھی

El padre, que tenía que empezar a trabajar a las seis, necesitaba realmente este sueño.

والد، جنہیں چھ بجے کام شروع کرنا تھا، کو واقعی اس نیند کی ضرورت تھی

Pero en la terquedad que lo dominaba desde que se convirtió en sirviente, siempre insistía en quedarse más tiempo en la mesa.

لیکن نوکر بننے کے بعد سے اسے جس ضد نے جکڑ رکھا تھا، اس میں وہ ہمیشہ میز پر زیادہ دیر تک رہنے پر اصرار کرتا تھا۔

Aunque regularmente se quedaba dormido y sólo se movía con gran dificultad.

اگرچہ وہ باقاعدگی سے سو جاتا تھا ، اور پھر اسے سب سے بڑی مشکل کے ساتھ منتقل کیا گیا تھا۔

Pero tuvo que darse cuenta de que debía cambiar la silla por la cama.

لیکن اسے احساس ہونا تھا کہ اسے بستر کے لئے کرسی کا تبادلہ کرنا چاہئے۔

La madre y la hermana tuvieron que insistirle con pequeñas advertencias.

ماں اور بہن کو چھوٹی چھوٹی نصیحتوں کے ساتھ اس پر اصرار کرنا پڑا۔

Durante quince minutos sacudió lentamente la cabeza, mantuvo los ojos cerrados y no se levantó.

پندرہ منٹ تک اس نے آہستہ آہستہ سر ہلایا، آنکھیں بند رکھیں اور اٹھ

نہیں سکے۔

La madre le tiró de la manga y le susurró palabras halagadoras al oído.

ماں نے اس کی آستین پر ہاتھ پھیرا اور اس کے کان میں چاپلوسی کے الفاظ کہے۔

La hermana dejó su tarea para ayudar a su madre.

بہن نے اپنی ماں کی مدد کرنے کے لئے اپنا کام چھوڑ دیا

Pero eso no funcionó para el padre.

لیکن یہ والد کے لئے کام نہیں کیا

Se hundió aún más en su silla.

وہ اپنی کرسی کی گہرائی میں ڈوب گیا

Sólo cuando las mujeres lo agarraron por las axilas abrió los ojos.

جب عورتوں نے اسے بغلوں کے نیچے پکڑا تو اس نے اپنی آنکھیں کھولیں۔

Miraba alternativamente a su madre y a su hermana y solía decir:

وہ باری باری اپنی ماں اور بہن کی طرف دیکھتا تھا اور کہتا تھا:

¡Qué vida ésta! Ésta es la paz de mi vejez.

یہ کیسی زندگی ہے .یہ میرے بڑھاپے کا سکون ہے۔

Y apoyándose en las dos mujeres, se levantó torpemente.

اور ان دونوں عورتوں پر جھک کر وہ عجیب انداز میں اٹھا۔

Como si fuera la mayor carga para sí mismo.

گویا وہ اپنے لئے سب سے بڑا بوجھ تھا

y dejó que las mujeres lo guiaran hasta la puerta

اور اس نے عورتوں کو اسے دروازے تک لے جانے دیا۔

Él les hizo un gesto para que se fueran y continuó por su cuenta.

اس نے انہیں ہلایا اور خود ہی جاری رکھا۔

Mientras la madre arrojó apresuradamente su kit de costura y la hermana su bolígrafo.

جبکہ ماں نے جلدی سے اپنی سلائی کٹ اور بہن کو اپنا قلم نیچے پھینک دیا

correr detrás del padre y ayudarlo más

والد کے پیچھے بھاگنا اور اس کی مزید مدد کرنا

¿Quién en esta familia sobrecargada de trabajo tenía tiempo para cuidar de Gregor?

اس زیادہ کام کرنے والے خاندان میں کس کے پاس گریگور کی دیکھ بھال کرنے کا وقت تھا؟

¿Era realmente necesario si ya todos estábamos cansados?

کیا یہ واقعی ضروری تھا اگر ہر کوئی پہلے سے ہی زیادہ تھکا ہوا تھا؟

El presupuesto se volvió cada vez más restringido

بجٹ تیزی سے محدود ہوتا گیا

La criada finalmente fue despedida

نوکرانی کو آخر کار برطرف کر دیا گیا

Una enorme sirvienta huesuda con cabello blanco venía por la mañana y por la tarde para hacer el trabajo más duro.

سفید بالوں والی ایک بڑی ہڈی والی نوکرانی صبح اور شام مشکل ترین کام کرنے کے لیے آتی تھی۔

De todo lo demás se encargaba la madre además de su trabajo de costura.

سلائی کے کام کے علاوہ باقی سب کچھ ماں کے ذریعہ سنبھالا جاتا تھا۔

Incluso ocurrió que se vendieron varias joyas familiares.

یہاں تک کہ ایسا بھی ہوا کہ مختلف خاندانی زیورات فروخت ہو گئے۔

Joyas familiares que la madre y la hermana solían lucir con alegría durante los entretenimientos y celebraciones.

خاندانی زیورات جو ماں اور بہن تفریح اور تقریبات کے دوران خوشی سے پہنتے تھے

Gregor aprendió esto por la tarde durante la discusión general.

گریگور نے یہ بات شام کو عام بحث سے سیکھی۔

La mayor queja, sin embargo, fue que uno no podía salir de este apartamento, que era demasiado grande para las condiciones actuales.

تاہم، سب سے بڑی شکایت یہ تھی کہ کوئی بھی اس اپارٹمنٹ کو نہیں چھوڑ سکتا تھا، جو موجودہ حالات کے لئے بہت بڑا تھا۔

Era impensable cómo Gregor podría ser reubicado.

یہ تصور بھی نہیں کیا جا سکتا تھا کہ گریگور کو کیسے منتقل کیا جا سکتا ہے

Pero Gregor se dio cuenta de que no era sólo la consideración hacia él lo que impedía un traslado.

لیکن گریگور نے محسوس کیا کہ یہ صرف اس کے لئے غور نہیں تھا جس نے اس اقدام کو روکا۔

porque podría haber sido fácilmente transportado en una caja adecuada con algunos agujeros de aire

کیونکہ اسے کچھ ہوا کے سوراخ کے ساتھ ایک مناسب باکس میں آسانی سے منتقل کیا جاسکتا تھا۔

Lo que principalmente impidió que la familia se mudara fue otra cosa.

جس چیز نے بنیادی طور پر فیملی کو منتقل ہونے سے روکا وہ کچھ اور تھا

Fue más bien la desesperanza total y la idea de que habían sido alcanzados por la desgracia.

بلکہ یہ مکمل ناامیدی اور یہ خیال تھا کہ وہ بدقسمتی کا شکار ہو گئے ہیں۔

No querían admitir que habían sido alcanzados por la desgracia como nadie en todo su círculo de familiares y conocidos.

وہ یہ تسلیم نہیں کرنا چاہتے تھے کہ وہ اس طرح کی بدبختی کا شکار ہوئے ہیں جو ان کے رشتہ داروں اور جاننے والوں کے پورے حلقے میں کسی اور نے نہیں کی تھی۔

Lo que el mundo exige de los pobres, ellos lo cumplen al máximo.

دنیا غریب لوگوں سے جو مطالبہ کرتی ہے، وہ پوری طرح سے پورا کرتے ہیں

El padre fue a buscar el desayuno para el pequeño empleado de banco.

والد نے چھوٹے بینک کلرک کے لئے ناشتہ لایا

La madre se sacrificó por la ropa de extraños.

ماں نے اجنبیوں کے کپڑے دھونے کے لئے خود کو قربان کر دیا

Su hermana corría de un lado a otro detrás del escritorio siguiendo los pedidos de los clientes.

اس کی بہن گاہکوں کے احکامات پر عمل کرتے ہوئے ڈیسک کے پیچھے پیچھے پیچھے بھاگتی رہی۔

Pero la fuerza de la familia ya no era suficiente.

لیکن خاندان کی طاقت اب کافی نہیں تھی

Y entonces la herida en la espalda de Gregor empezó a doler como nueva.

اور یوں گریگور کی پیٹھ کا زخم نئے کی طرح درد کرنے لگا۔

Cuando la madre y la hermana, después de acostar a papá,

regresaron

جب ماں اور بہن، والد کو بستر پر ڈالنے کے بعد، واپس آ گئیں

Cuando madre y hermana dejaron el trabajo y se mudaron
más cerca

جب ماں اور بہن نے کام چھوڑ دیا اور ایک دوسرے کے قریب آ گئے

Cuando madre y hermana se sentaron mejilla con mejilla

جب ماں اور بہن گال سے گال تک بیٹھی تھیں

Cuando la madre, señalando la habitación de Gregor, dijo:
"Cierra la puerta, Grete".

جب ماں نے گریگور کے کمرے کی طرف اشارہ کرتے ہوئے کہا :
"وہاں دروازہ بند کر دو، گریٹ"

Y cuando Gregor estaba de nuevo a oscuras, mientras las
mujeres de la habitación de al lado mezclaban sus lágrimas

اور جب گریگور دوبارہ اندھیرے میں تھا، جب بغل کی عورتیں اپنے
آنسو ؤں کو ملا رہی تھیں۔

o cuando miraban la mesa sin llorar

یا جب وہ روئے بغیر میز کی طرف دیکھتے رہے

Gregor pasaba las noches y los días casi sin dormir.

گریگور نے راتیں اور دن تقریبا بغیر سوئے گزارے

A veces pensaba en hacerse cargo de los asuntos familiares
de nuevo como lo había hecho antes.

کبھی کبھی وہ خاندانی معاملات کو دوبارہ سنبھالنے کے بارے میں
سوچتا تھا جیسا کہ وہ پہلے کر چکا تھا۔

En sus pensamientos el jefe y el representante autorizado
aparecieron nuevamente después de mucho tiempo.

ان کے خیالات میں باس اور مجاز نمائندہ ایک طویل عرصے کے بعد
دوبارہ نمودار ہوئے۔

los oficinistas y los aprendices, el sirviente doméstico tan
torpe

کلرک اور تربیت یافتہ، بہت سست مزاج گھریلو ملازم

Dos o tres amigos de otros negocios.

دوسرے کاروبار وں کے دو یا تین دوست

Una camarera de un hotel de provincias

صوبوں کے ایک ہوٹل سے ایک چیمبر میڈ

Un recuerdo querido y fugaz

ایک پیاری، عارضی یاد

Un cajero de una tienda de sombreros, para quien había

solicitado trabajo con seriedad pero con demasiada lentitud.

ایک ٹوپی کی دکان کا کیشئر ، جس کے لئے اس نے سنجیدگی سے درخواست دی تھی لیکن بہت آہستہ آہستہ

Todos aparecieron mezclados con extraños o ya olvidados.

وہ سب اجنبیوں کے ساتھ مخلوط نظر آئے یا پہلے ہی بھول گئے

Pero en lugar de ayudarlo a él y a su familia, todos fueron inaccesibles.

لیکن اس کی اور اس کے خاندان کی مدد کرنے کے بجائے ، وہ سب ناقابل رسائی تھے۔

y se alegró cuando desaparecieron

اور جب وہ غائب ہو گئے تو وہ خوش ہوا

Pero entonces no estaba de humor para preocuparse por su familia.

لیکن پھر وہ اپنے خاندان کے بارے میں فکر کرنے کے موڈ میں نہیں تھا

Sólo la ira por el mal mantenimiento lo llenaba.

ناقص دیکھ بھال کے بارے میں صرف غصہ اسے بھر گیا

Y aunque no podía imaginar nada que le apeteciera, aun así hizo planes.

اور اگرچہ وہ کسی ایسی چیز کا تصور بھی نہیں کر سکتا تھا جس کے لئے اسے بھوک لگی ہوگی ، پھر بھی اس نے منصوبے بنائے۔

planeó cómo entrar a la despensa

اس نے منصوبہ بنایا کہ پینٹری میں کیسے داخل ہونا ہے

tomar lo que merecía, incluso si no tenía hambre

جس چیز کا وہ مستحق تھا اسے لے لے ، بھلے ہی وہ بھوکا نہ ہو۔

Cómo hacerle un favor especial a Gregor no fue algo que se pensó por mucho tiempo.

گریگور پر ایک خاص احسان کیسے کیا جائے اس کے بارے میں طویل عرصے تک نہیں سوچا گیا تھا۔

Por la mañana, la enfermera introdujo apresuradamente con el pie algo de comida en la habitación de Gregor.

صبح نرس نے جلدی سے اپنے پاؤں سے گریگور کے کمرے میں کچھ کھانا ڈال دیا۔

Antes de ir a trabajar por la mañana y a la hora del almuerzo.

صبح اور دوپہر کے کھانے کے وقت کام پر جانے سے پہلے

Sin importar si la comida fue probada o no, ella regresó con un movimiento de la escoba.

اس سے قطع نظر کہ کھانے کا ذائقہ چکھا گیا تھا یا نہیں، وہ جھاڑو کی لہر کے ساتھ واپس آئی۔

Y en la mayoría de los casos la comida estaba completamente intacta.

اور زیادہ تر معاملات میں کھانا مکمل طور پر اچھوتا تھا

Ordenar la habitación, cosa que ahora hacía todas las noches, no podría haberse hecho más rápido.

کمرے کی صفائی، جو اب وہ ہر شام کرتی تھی، اس سے زیادہ تیزی سے نہیں ہو سکتی تھی۔

Rayas de suciedad corrían por las paredes.

دیواروں پر گندگی کی لکیریں دوڑ رہی تھیں

Aquí y allá había bolas de polvo y basura.

یہاں اور وہاں دھول اور کچرے کے گولے پڑے ہیں

Al principio, Gregor se posicionó en un ángulo particularmente significativo cuando llegó su hermana.

سب سے پہلے، گریگور نے اپنے آپ کو ایک خاص طور پر اہم زاویے میں کھڑا کیا جب اس کی بہن پہنچی

para reprocharle esta posición

اس پوزیشن کے ساتھ اس پر ملامت کرنا

Pero podría haber permanecido allí durante semanas sin que su hermana mejorara sus modales.

لیکن وہ اپنی بہن کے طریقوں کو بہتر بنائے بغیر ہفتوں تک وہاں رہ سکتا تھا۔

Ella vio la suciedad igual que él.

اس نے گندگی کو بالکل اسی طرح دیکھا جیسے اس نے دیکھا تھا

Pero ella simplemente había decidido dejar la tierra.

لیکن اس نے صرف گندگی چھوڑنے کا فیصلہ کیا تھا

Con una sensibilidad que era completamente nueva para ella y que había afectado a toda la familia, se encargó de que la limpieza de la habitación de Gregor quedara en sus manos.

ایک حساسیت کے ساتھ جو اس کے لئے بالکل نئی تھی اور جس نے پورے خاندان کو متاثر کیا تھا، اس نے اس بات کو یقینی بنایا کہ گریگور کے کمرے کی صفائی اس پر چھوڑ دی جائے۔

Una vez, la madre de Gregor había hecho una limpieza a fondo de su habitación.

ایک بار، گریگور کی ماں نے اپنے کمرے کو مکمل صفائی کا کام دیا تھا۔

Sólo después de usar unos cuantos baldes de agua lo logró.

چند بالٹی پانی استعمال کرنے کے بعد ہی وہ کامیاب ہوئی۔

Sin embargo, la alta humedad también afectó a Gregor.

تاہم، زیادہ نمی نے گریگور کو بھی نقصان پہنچایا۔

y él yacía ancho, amargado e inmóvil en el sofá

اور وہ صوفے پر چوڑا، کڑوا اور بے حرکت پڑا رہا۔

Pero el castigo no pasó desapercibido para la madre.

لیکن سزا ماں کے لئے نظر انداز نہیں ہوئی

La hermana apenas había notado el cambio en la habitación de Gregor cuando corrió a la sala de estar, extremadamente insultada.

بہن نے گریگور کے کمرے میں تبدیلی کو بمشکل محسوس کیا تھا جب وہ لیونگ روم میں بھاگی، انتہائی بے عزتی کے ساتھ

A pesar de las manos implorantes de su madre, estalló en lágrimas.

اس کی ماں کے بے ساختہ اٹھائے ہوئے ہاتھوں کے باوجود، وہ پھوٹ پھوٹ کر رونے لگی۔

El padre, por supuesto, se sobresaltó y se levantó de su silla.

والد یقیناً اپنی کرسی سے حیران تھا

Y al principio los padres estaban asombrados y simplemente miraban impotentes.

اور پہلے تو والدین حیران رہ گئے اور بے بسی سے دیکھتے رہے۔

Hasta que ellos también empezaron a moverse

یہاں تک کہ وہ بھی حرکت کرنے لگے

El padre reprochó a la madre que no dejara la habitación de Gregor a su hermana para que la limpiara.

باپ نے ماں کو اس بات پر ملامت کی کہ اس نے گریگور کا کمرہ اپنی بہن کو صفائی کے لیے نہیں چھوڑا

La hermana gritó que a la madre nunca más se le permitiría limpiar la habitación de Gregor.

بہن نے چیخ کر کہا کہ ماں کو دوبارہ کبھی گریگور کا کمرہ صاف کرنے کی اجازت نہیں دی جائے گی۔

Mientras la madre intentaba arrastrar al padre, que estaba tan excitado que ya no se reconocía a sí mismo, al dormitorio.

جبکہ ماں نے والد کو گھسیٹنے کی کوشش کی ، جو اتنا پرجوش تھا کہ
وہ اب خود کو نہیں جانتا تھا ، بیڈروم میں داخل ہوا۔

La hermana, sacudida por los sollozos, golpeó la mesa con
sus pequeños puños.

بہن، جو چیخوں سے کانپ رہی تھی، اپنی چھوٹی مٹھیوں سے میز پر
ٹکرائی۔

Y Gregor silbó en voz alta y enojado porque a nadie se le
ocurrió cerrar la puerta.

اور گریگور نے غصے میں زور زور سے کہا کہ کسی نے دروازہ بند
کرنے کا سوچا بھی نہیں تھا۔

Podrían haberle ahorrado esta vista y este ruido.

وہ اسے اس منظر اور شور سے بچا سکتے تھے

Pero incluso si la hermana se hubiera cansado de cuidar a
Gregor como antes, la madre no habría tenido que intervenir
en su lugar.

لیکن اگر بہن پہلے کی طرح گریگور کی دیکھ بھال کرتے ہوئے تھک
بھی جاتی، تو ماں کو اس کے لئے قدم نہیں اٹھانا پڑتا۔

Por mucho que la hermana estuviera agotada por su trabajo
profesional, se había cansado de él.

بہن اپنے پیشہ ورانہ کام سے جتنی تھک چکی تھی، وہ اس سے تھک
چکی تھی۔

No se debía descuidar a Gregor

گریگور کو نظر انداز نہیں کیا جانا چاہئے تھا

Porque ahora estaba la camarera

کیونکہ اب ویٹریس وہاں موجود تھی

Esta anciana viuda, que en su larga vida había sobrevivido a
lo peor con la ayuda de su fuerte estructura ósea

یہ بوڑھی بیوہ، جو اپنی طویل زندگی میں اپنی مضبوط ہڈیوں کی ساخت
کی مدد سے بدترین حالت میں بچ گئی تھی

Ella no sentía ninguna antipatía real por Gregor.

اسے گریگور سے کوئی حقیقی ناپسند نہیں تھی

Sin sentir ninguna curiosidad, accidentalmente abrió la
puerta de la habitación de Gregor.

بالکل بھی تجسس کے بغیر ، اس نے غلطی سے گریگور کے کمرے کا
دروازہ کھول دیا تھا۔

Completamente sorprendido, aunque nadie lo perseguía,

comenzó a correr de un lado a otro.

مکمل طور پر حیران، اگرچہ کوئی اس کا پیچھا نہیں کر رہا تھا، لیکن وہ آگے پیچھے بھاگنے لگا۔

Se quedó asombrada al ver a Gregor con las manos cruzadas sobre el regazo.

وہ گریگور کو دیکھ کر حیران رہ گئی اور اس کی گود میں ہاتھ باندھے ہوئے تھی۔

Desde entonces, cada mañana y cada tarde, no dejaba de abrir un poco la puerta y mirar a Gregor.

اس کے بعد سے، وہ ہر صبح اور شام تھوڑا سا دروازہ کھولنے اور گریگور کو دیکھنے میں کبھی ناکام نہیں ہوئی۔

Al principio ella también lo llamó, con palabras que probablemente pensó que eran amistosas.

سب سے پہلے تو اس نے اسے ان الفاظ کے ساتھ فون بھی کیا جو شاید اس کے خیال میں دوستانہ تھے۔

»¡Ven aquí, viejo escarabajo pelotero!« o »¡Mira el viejo escarabajo pelotero!«

"یہاں آؤ، پرانا گوبر بیٹل "!ایا" پرانے گوبر کے بیٹل کو دیکھو"!

Gregor no respondió a tales discursos con nada.

گریگور نے ایسی تقریروں کا جواب بغیر کسی آواز کے دیا

En cambio, permaneció inmóvil en su lugar como si la puerta no se hubiera abierto en absoluto.

بلکہ وہ اپنی جگہ پر بے حرکت رہا جیسے دروازہ ہی نہ کھولا گیا ہو۔

¡Ojalá a esta criada se le hubiera dado la orden de limpiar su habitación todos los días, en lugar de dejarla molestarlo inútilmente a su antojo!

کاش اس نوکرانی کو ہر روز اپنے کمرے کو صاف کرنے کا حکم دیا جاتا، بجائے اس کے کہ وہ اسے اپنی مرضی سے پریشان کرے!

Una mañana temprano una fuerte lluvia golpeó las ventanas.

ایک بار صبح سویرے تیز بارش کھڑکیوں سے ٹکرا گئی۔

Tal vez ya era una señal de la llegada de la primavera.

شاید یہ پہلے سے ہی آنے والے موسم بہار کی علامت تھی

Y la criada empezó de nuevo con sus dichos.

اور نوکرانی نے اپنی باتوں سے دوبارہ آغاز کیا۔

Gregor estaba tan amargado que se volvió contra ella como para atacarla, aunque lenta y débilmente.

گریگور اس قدر غصے میں تھا کہ وہ اس کے خلاف اس طرح چلا گیا

جیسے وہ آہستہ آہستہ اور بے رحمی سے حملہ کرے۔

La criada, sin embargo, en lugar de tener miedo, simplemente levantó una silla que estaba cerca de la puerta.

تاہم نوکرانی نے ڈرنے کے بجائے دروازے کے قریب موجود کرسی اٹھا لی۔

Y mientras estaba allí con la boca abierta, su intención era clara.

اور جب وہ منہ کھول کر وہاں کھڑی تھی تو اس کا ارادہ صاف تھا۔

Ella sólo cerraría la boca cuando la silla en su mano golpeara la espalda de Gregor.

وہ صرف اس وقت اپنا منہ بند کرتی تھی جب اس کے ہاتھ میں موجود کرسی گریگور کی پیٹھ سے ٹکراتی تھی۔

«Entonces, ¿no podemos seguir adelante?», preguntó mientras Gregor se daba la vuelta nuevamente.

"تو ہم مزید آگے نہیں جا سکتے؟ "گریگور نے دوبارہ پلٹتے ہوئے پوچھا۔

Y silenciosamente volvió a poner la silla en la esquina.

اور اس نے خاموشی سے کرسی کو واپس کونے میں رکھ دیا۔

Gregor ya no comía casi nada.

گریگور نے اب تقریبا کچھ بھی نہیں کھایا

Sólo cuando pasaba por la comida preparada se llevaba un bocado a la boca a modo de juego.

جب وہ تیار شدہ کھانے کے پاس سے گزرا تو اس نے کھیل کے طور پر اپنے منہ میں کاٹا ڈالا۔

Pero mantenía la comida en la boca durante horas y luego normalmente la escupía de nuevo.

لیکن وہ کھانے کو گھنٹوں اپنے منہ میں رکھتے تھے اور پھر عام طور پر اسے دوبارہ باہر پھینک دیتے تھے۔

Al principio pensó que era la tristeza por el estado de su habitación lo que le impedía comer.

پہلے تو اس نے سوچا کہ یہ اس کے کمرے کی حالت کے بارے میں اداسی ہے جو اسے کھانے سے روک رہی ہے۔

Pero pronto se adaptó a los cambios en la habitación.

لیکن وہ جلد ہی کمرے میں ہونے والی تبدیلیوں کو قبول کرنے لگا۔

La gente había adquirido el hábito de colocar en esta habitación cosas que no se podían guardar en otro lugar.

لوگوں کو ان چیزوں کو اس کمرے میں رکھنے کی عادت پڑ گئی تھی
جو کہیں اور ذخیرہ نہیں کی جا سکتی تھیں۔

Y ahora había muchas cosas así.

اور اب ایسی بہت سی چیزیں تھیں

porque una habitación del apartamento había sido alquilada
a tres compañeros de piso

کیونکہ اپارٹمنٹ کا ایک کمرہ تین روم میٹس کو کرایہ پر دیا گیا تھا۔

Estos señores serios (los tres tenían barba poblada, como
Gregor notó una vez a través de una rendija en la puerta)
eran meticulosos con el orden.

یہ سنجیدہ حضرات – ان تینوں کی پوری داڑھی تھی ، جیسا کہ گریگور
نے ایک بار دروازے میں دراڑ کے ذریعے دیکھا تھا – آرڈر کے
بارے میں محتاط تھے۔

Eran escrupulosos en mantener el orden no sólo en su
habitación.

وہ نہ صرف اپنے کمرے میں چیزوں کو صاف ستھرا رکھنے کے
بارے میں محتاط تھے۔

Pero fueron meticulosos con la limpieza en todo el
apartamento, especialmente en la cocina.

لیکن وہ پورے اپارٹمنٹ میں صفائی ستھرائی کے بارے میں محتاط
تھے، خاص طور پر باورچی خانے میں

ya que habían alquilado una habitación aquí

چونکہ انہوں نے یہاں ایک کمرہ کرایہ پر لیا تھا

No soportaban las cosas inútiles o incluso sucias.

وہ بیکار یا گندی چیزیں بھی برداشت نہیں کر سکتے تھے

Además, la mayoría de ellos habían traído consigo sus
propios muebles.

اس کے علاوہ، ان میں سے زیادہ تر اپنے ساتھ اپنا فرنیچر لے کر آئے
تھے۔

Por esta razón, muchas cosas se habían vuelto superfluas.

اسی وجہ سے بہت سی چیزیں فضول ہو چکی تھیں۔

Cosas que no se podían vender, pero que no se querían tirar

وہ چیزیں جو فروخت نہیں کی جا سکتی تھیں ، لیکن جنہیں آپ پھینکنا
نہیں چاہتے تھے۔

Todas estas cosas entraron en la habitación de Gregor.

یہ سب چیزیں گریگور کے کمرے میں چلی گئیں۔

El cajón de cenizas y el cajón de basura de la cocina también
fueron llevados a su habitación.

باورچی خانے سے راکھ کا ڈبہ اور کچرے کا ڈبہ بھی اس کے کمرے
میں لایا گیا۔

Todo lo que no servía en ese momento lo arrojaba
simplemente la criada, siempre con prisa, a la habitación de
Gregor.

جو کچھ بھی اس وقت کے لئے ناقابل استعمال تھا اسے نوکرانی نے
گریگور کے کمرے میں پھینک دیا ، جو ہمیشہ جلدی میں رہتی تھی۔

Afortunadamente, Gregor solo vio en su mayor parte el
objeto en cuestión y la mano que sostenía el objeto.

خوش قسمتی سے ، گریگور نے زیادہ تر صرف زیر بحث شے اور اس
چیز کو پکڑنے والے ہاتھ کو دیکھا۔

Es posible que la criada tuviera la intención de recuperar los
artículos cuando tuviera tiempo y oportunidad.

ہوسکتا ہے کہ نوکرانی نے وقت اور موقع ملنے پر اشیاء کو بازیافت
کرنے کا ارادہ کیا ہو۔

o tal vez quería tirarlos a todos a la vez

یا شاید وہ ان سب کو ایک ہی وقت میں باہر پھینکنا چاہتا تھا

De hecho, todo permaneció donde había estado después del
primer lanzamiento.

درحقیقت، سب کچھ وہیں رہا جہاں وہ پہلے تھرو تک تھا۔

Si Gregor no se hubiera escabullido entre la basura y la
hubiera movido

اگر گریگور کوڑے میں سے نہ نکلتا اور اسے حرکت میں نہ لاتا

Al principio se vio obligado a hacerlo porque no había otro
espacio para arrastrarse.

پہلے تو اسے ایسا کرنے پر مجبور کیا گیا کیونکہ رینگنے کے لئے
کوئی اور جگہ نہیں تھی۔

pero luego lo hizo con creciente placer

لیکن بعد میں اس نے یہ کام بڑھتی ہوئی خوشی کے ساتھ کیا۔

Aunque después de tales paseos, cansado y mortalmente
entristecido, no se movía durante horas.

اگرچہ اس طرح کی چہل قدمی کے بعد، تھکا ہوا اور جان لیوا غمگین،
وہ گھنٹوں تک حرکت نہیں کرتا تھا۔

Como los inquilinos a veces cenaban en casa, en la sala de
estar común, la puerta de la sala permanecía cerrada algunas

noches.

چونکہ لاجرز کبھی کبھار گھر پر مشترکہ لیونگ روم میں کھانا کھاتے تھے ، لہذا کچھ شام کو لیونگ روم کا دروازہ بند رہتا تھا۔

Pero Gregor se abstuvo fácilmente de abrir la puerta.

لیکن گریگور نے آسانی سے دروازہ کھولنے سے گریز کیا

Ya no había aprovechado muchas tardes en las que la puerta estaba abierta.

جب دروازہ کھلا تھا تو اس نے پہلے ہی کئی شاموں کا فائدہ نہیں اٹھایا تھا۔

Sin que la familia se diera cuenta, él yacía en el rincón más oscuro de su habitación.

گھر والوں کی توجہ کے بغیر، اس کے بجائے وہ اپنے کمرے کے تاریک ترین کونے میں لیٹ گیا تھا۔

Pero una vez que la criada dejó la puerta de la sala de estar ligeramente abierta

لیکن ایک بار نوکرانی نے کمرے کا دروازہ تھوڑا سا کھلا چھوڑ دیا تھا۔

y la puerta permaneció abierta, incluso cuando los huéspedes entraron por la tarde y se encendió la luz.

اور دروازہ کھلا رہا، یہاں تک کہ جب لاجر شام کو داخل ہوئے اور لائٹ آن کر دی گئی۔

Se sentaron a la mesa donde antes se habían sentado padre, madre y Gregor.

وہ اس میز پر بیٹھ گئے جہاں والد، والدہ اور گریگور پہلے بیٹھے تھے۔

Desplegaron las servilletas y tomaron cuchillos y tenedores en sus manos.

انہوں نے نیپکن کھولے اور اپنے ہاتھوں میں چاقو اور کانٹے لے لیے۔

Inmediatamente la madre apareció en la puerta con un cuenco de carne.

فوری طور پر ماں گوشت کا پیالہ لے کر دروازے پر نمودار ہوئی۔

Y justo detrás de la madre apareció la hermana con un cuenco de patatas apiladas en gran cantidad.

اور ماں کے بالکل پیچھے بہن اونچے آلو کا پیالہ لے کر نمودار ہوئی۔

La comida se cocía al vapor con mucho humo.

کھانا بھاری دھوئیں سے بھرا ہوا تھا

Los huéspedes se inclinaban sobre los cuencos colocados frente a ellos como si quisieran comprobar si la comida

debía devolverse a la cocina antes de comer.

لاجرز اپنے سامنے رکھے گئے پیالوں پر جھک گئے جیسے وہ یہ چیک کرنا چاہتے ہوں کہ کھانے سے پہلے کھانا واپس باورچی خانے میں بھیج دیا جائے یا نہیں۔

Y el que estaba sentado en el medio, y parecía tener autoridad sobre los otros dos, cortó un trozo de carne.

اور بے شک وہ شخص جو درمیان میں بیٹھا تھا اور باقی دو کا حاکم معلوم ہوتا تھا کہ وہ گوشت کا ایک ٹکڑا کاٹ رہا ہے۔

Aparentemente para determinar si la carne estaba lo suficientemente tierna.

بظاہر اس بات کا تعین کرنے کے لئے کہ آیا گوشت کافی نرم تھا

Estaba satisfecho con el olor y el aspecto de la comida.

وہ اس بات سے مطمئن تھا کہ کھانے کی بو کیسے آتی ہے اور نظر آتی ہے

Y madre y hermana, que habían estado observando con emoción, comenzaron a sonreír con un suspiro de alivio.

اور ماں اور بہن، جو جوش و خروش سے دیکھ رہی تھیں، راحت کی سانس لے کر مسکرانے لگیں۔

La propia familia comía en la cocina.

فیملی نے خود باورچی خانے میں کھانا کھایا

Sin embargo, antes de entrar en la cocina, el padre entró en esta habitación.

بہرحال باورچی خانے میں جانے سے پہلے والد اس کمرے میں آئے۔

y con una sola reverencia, gorra en mano, hizo un circuito alrededor de la mesa.

اور ہاتھ میں ایک کمان، ٹوپی کے ساتھ، اس نے میز کے گرد ایک سرکٹ بنایا۔

Todos los inquilinos se pusieron de pie y murmuraron algo entre sus barbas.

لاجرز سب کھڑے ہوئے اور اپنی داڑھی میں کچھ ڈالا۔

Cuando estaban solos, comían en un silencio casi absoluto.

جب وہ اکیلے تھے، تو انہوں نے تقریبا مکمل خاموشی میں کھانا کھایا۔

A Gregor le pareció extraño que, entre todos los ruidos de la comida, siempre se pudiera oír el masticar de los dientes.

گریگور کو یہ عجیب لگ رہا تھا کہ تمام مختلف شور کے درمیان ، کوئی بھی ہمیشہ اس کے دانت چبانے کی آواز سن سکتا تھا۔

Como si esto tuviera como objetivo mostrarle a Gregor que se necesitan dientes para comer.

گویا یہ گریگور کو یہ دکھانے کے لئے تھا کہ آپ کو کھانے کے لئے دانتوں کی ضرورت ہے

y como si ni siquiera las más bellas mandíbulas desdentadas pudieran hacer nada

اور گویا سب سے خوبصورت دانتوں والے جبڑے بھی کچھ نہیں کر سکتے تھے۔

Tengo hambre, dijo Gregor preocupado.

مجھے بھوک لگی ہے، گریگور نے پریشان ہو کر کہا

»Pero mi apetito no es para estas cosas«

"لیکن میری بھوک ان چیزوں کے لیے نہیں ہے-"

"¡Cómo se alimentan estos señores, y yo perezco!"

"یہ حضرات کس طرح اپنا پیٹ بھرتے ہیں اور میں ہلاک ہو جاتا ہوں"!-

Justo esa noche se escuchó un ruido desde la cocina.

ابھی اسی شام باورچی خانے سے ایک آواز آئی۔

Gregor no recordaba haber oído el violín en todo ese tiempo.

گریگور کو پورے وقت وائلن سننا یاد نہیں تھا

Los caballeros ya habían terminado su cena.

حضرات پہلے ہی شام کا کھانا ختم کر چکے تھے

El caballero del medio había sacado un periódico.

درمیانے آدمی نے ایک اخبار نکالا تھا

Les había dado a los otros dos caballeros una hoja a cada uno.

اس نے باقی دو حضرات کو ایک ایک چادر دی تھی۔

Y ahora estaban recostados leyendo y fumando.

اور اب وہ پیچھے جھک کر پڑھ رہے تھے اور سگریٹ نوشی کر رہے تھے۔

Cuando el violín empezó a tocar, se pusieron atentos.

جب وائلن بجانا شروع ہوا تو وہ محتاط ہو گئے-

Se levantaron y caminaron de puntillas hasta la puerta de la antesala, donde permanecieron acurrucados juntos.

وہ کھڑے ہو گئے اور ٹیپٹو پر چلتے ہوئے کمرے کے دروازے کی طرف چلے گئے، جہاں وہ ایک ساتھ کھڑے تھے۔

Debieron haberlos oído desde la cocina, porque el padre

grito:

انہوں نے باورچی خانے سے ان کی آواز سنی ہوگی، کیوں کہ والد نے پکارا:

¿Acaso el violín resulta incómodo para los caballeros? Se puede parar de tocar de inmediato.

کیا وائلن شاید حضرات کے لئے تکلیف دہ ہے؟ اسے فوری طور پر روکا جا سکتا ہے۔

Por el contrario, dijo el medio de los caballeros.

اس کے برعکس، حضرات کے درمیان میں کہا گیا

¿A la señorita no le gustaría venir a jugar a nuestra habitación?

کیا وہ نوجوان عورت ہمارے کمرے میں آکر کھیلنا پسند نہیں کرے گی؟

«Definitivamente es mucho más cómodo y acogedor aquí»

"یہ یقینی طور پر یہاں بہت زیادہ آرام دہ اور آرام دہ ہے"

Oh, por favor, gritó el padre, como si fuera el violinista.

اوہ پلیز، والد نے رویا، جیسے وہ وائلن بجانے والا ہو

Los caballeros regresaron a la habitación y esperaron.

حضرات کمرے میں واپس آئے اور انتظار کرنے لگے۔

Al poco rato llegó el padre con el atril, la madre con la música y la hermana con el violín.

جلد ہی والد میوزک اسٹینڈ کے ساتھ آئے، ماں موسیقی کے ساتھ اور بہن وائلن کے ساتھ۔

La hermana preparó todo con calma para tocar el violín.

بہن نے پرسکون طریقے سے وائلن بجانے کے لئے سب کچھ تیار کیا

Los padres exageraron su cortesía hacia sus inquilinos.

والدین نے اپنے کرایہ داروں کے ساتھ اپنی شائستگی کو بڑھا چڑھا کر پیش کیا

Porque nunca habían alquilado habitaciones antes

کیونکہ انہوں نے پہلے کبھی کمرے کرائے پر نہیں دیے تھے۔

y no se atrevieron a sentarse en sus propias sillas

اور وہ اپنی کرسیوں پر بیٹھنے کی ہمت نہ کر سکے

El padre se apoyó contra la puerta, con la mano derecha entre dos botones de su librea cerrada.

والد دروازے کے سامنے جھک گیا، اس کا دایاں ہاتھ اس کے بند لیوری کوٹ کے دو بٹنوں کے درمیان تھا۔

Sin embargo, un caballero le ofreció una silla a la madre y se sentó.

تاہم ماں کو ایک صاحب نے کرسی پیش کی اور بیٹھ بیٹھ گئی۔

Desde que dejó la silla donde el caballero la había colocado accidentalmente, se sentó apartada en un rincón.

جب سے وہ اس کرسی سے نکلی جہاں اس شخص نے غلطی سے اسے رکھا تھا، وہ ایک کونے میں الگ بیٹھ گئی۔

La hermana empezó a tocar el violín.

بہن نے وائلن بجانا شروع کر دیا

El padre y la madre observaban atentamente los movimientos de sus manos.

والد اور ماں نے اس کے ہاتھوں کی حرکات و سکنات کو غور سے دیکھا۔

Gregor, atraído por la interpretación del violín, se había aventurado un poco más.

وائلن بجانے سے متاثر گریگور تھوڑا آگے بڑھ چکا تھا۔

y ya estaba con la cabeza en la sala

اور وہ پہلے ہی کمرے میں اپنا سر رکھے ہوئے تھا۔

No le sorprendió en absoluto haber mostrado tan poca consideración hacia los demás últimamente.

اسے شاید ہی کوئی تعجب ہوا کہ اس نے حال ہی میں دوسروں کے لئے بہت کم توجہ دکھائی ہے۔

Esta consideración hacia los demás había sido anteriormente su orgullo.

دوسروں کے بارے میں یہ خیال پہلے ان کا فخر تھا۔

Y ahora habría tenido más motivos para esconderse.

اور اب اس کے پاس چھپنے کی اور بھی وجہ ہوتی۔

Debido al polvo que había por todas partes en su habitación y que volaba con el más mínimo movimiento, él también estaba completamente cubierto de polvo.

اس کے کمرے میں ہر طرف موجود دھول کی وجہ سے اور تھوڑی سی حرکت پر اڑ نے کی وجہ سے وہ بھی مکمل طور پر دھول سے ڈھکا ہوا تھا۔

Llevaba hilos, cabellos y restos de comida en la espalda y los costados.

اس نے اپنی پیٹھ اور اطراف پر دھاگے، بال اور کھانے کی باقیات رکھی تھیں۔

Su indiferencia hacia todo era demasiado grande para que

pudiera tumbarse boca arriba y frotarse contra la alfombra,
como solía hacer varias veces al día.

ہر چیز سے اس کی بے حسی اتنی زیادہ تھی کہ وہ اپنی پیٹھ کے بل
لیٹ کر قالین پر رگڑ نہیں سکتا تھا، جیسا کہ وہ دن میں کئی بار کرتا
تھا۔

Y a pesar de esta condición, no tuvo miedo de avanzar un
poco sobre el inmaculado piso de la sala.

اور اس حالت کے باوجود، وہ لیونگ روم کے صاف ستھرے فرش پر
تھوڑا آگے بڑھنے سے نہیں ڈرتا تھا۔

Sin embargo, nadie le prestó atención.

تاہم کسی نے اس پر کوئی توجہ نہیں دی۔

La familia estaba completamente ocupada tocando el violín.

فیملی وائلن بجانے میں مکمل طور پر مصروف تھی

Los caballeros, por el contrario, inicialmente se retiraron a la
ventana con las manos en los bolsillos.

دوسری طرف یہ حضرات ابتدائی طور پر اپنی جیبوں میں ہاتھ ڈال کر
کھڑکی کی طرف پیچھے ہٹ گئے۔

Continuaron sus conversaciones en voz baja y con la cabeza
gacha.

انہوں نے سر جھکائے دھیمی آواز میں اپنی گفتگو جاری رکھی۔

demasiado cerca detrás del atril de música de la hermana

بہن کے میوزک اسٹینڈ کے پیچھے بہت قریب

para que pudiera ver todas las notas musicales, lo que debe
haber perturbado a su hermana.

تاکہ وہ ان تمام میوزک نوٹوں کو دیکھ سکے، جنہوں نے ان کی بہن کو
پریشان کیا ہوگا۔

Observados con preocupación por su padre, permanecieron
allí.

وہ اپنے والد کی تشویش سے دیکھتے رہے، وہ وہیں رہ گئے۔

Realmente parecía como si hubieran quedado decepcionados
en sus expectativas de escuchar una interpretación de violín
hermosa y entretenida.

ایسا لگ رہا تھا جیسے وہ خوبصورت یا تفریحی وائلن بجانے کی اپنی
توقع سے مایوس ہو گئے ہوں۔

Uno hubiera pensado que todos estaban hartos de toda la
actuación.

آپ نے سوچا ہوگا کہ وہ سب پوری کارکردگی سے تنگ آ چکے ہیں۔

Y parecía como si sólo por cortesía se permitieran ser
molestados.

اور ایسا لگتا تھا کہ انہوں نے صرف شائستگی کی وجہ سے خود کو
پریشان کرنے کی اجازت دی۔

Especialmente la forma en que todos ellos exhalaban el
humo de sus cigarros al aire desde sus narices y bocas
sugería un gran nerviosismo.

خاص طور پر جس طرح ان سب نے اپنے سگار سے دھواں اپنی ناک
اور منہ سے ہوا میں اڑایا اس سے بڑی گھبراہٹ کا اشارہ ملتا ہے۔

Y aún así la hermana tocó tan hermosamente.

اور پھر بھی بہن نے بہت خوبصورتی سے کھیلا

Su rostro estaba inclinado hacia un lado, sus ojos buscaban y
seguían tristemente las líneas musicales.

اس کا چہرہ ایک طرف جھکا ہوا تھا، اس کی آنکھیں تلاش کر رہی
تھیں اور بدقسمتی سے موسیقی کی لائنوں کی پیروی کر رہی تھیں۔

Gregor se arrastró un poco más hacia adelante.

گریگور تھوڑا آگے رینگا۔

y mantuvo su cabeza cerca del suelo

اور اس نے اپنا سر زمین کے قریب رکھا

para posiblemente encontrar su mirada

شاید ان کی نظروں سے ملنے کے لئے

¿Era realmente un animal, a pesar de que la música lo
conmovía tanto?

کیا وہ واقعی ایک جانور تھا؟ اس حقیقت کے باوجود کہ موسیقی نے
اسے بہت متاثر کیا؟

Sintió como si se le mostrara un camino hacia la nutrición
anhelada.

اسے ایسا لگا جیسے اس کو نورش کی خواہش کا راستہ دکھایا جا رہا
ہو۔

Estaba decidido a llegar hasta su hermana.

وہ اپنی بہن تک پہنچنے کے لئے پر عزم تھا

Quería tirar de su falda y así indicarle que podía entrar a su
habitación con su violín.

وہ اس کی سکرٹ پر ٹیگ کرنا چاہتا تھا اور اس طرح اسے اشارہ کرنا
چاہتا تھا کہ وہ اپنے وائلن کے ساتھ اس کے کمرے میں آسکتی ہے۔

Porque aquí nadie la recompensaba por tocar el violín como
él quería.

کیونکہ یہاں کوئی بھی اسے وائلن بجانے کا اس طرح انعام نہیں دے رہا تھا جس طرح وہ چاہتا تھا کہ اسے انعام دیا جائے۔

Ya no quería dejarla salir de su habitación, al menos no mientras viviera.

وہ اب اسے اپنے کمرے سے باہر نہیں جانا چاہتا تھا، کم از کم جب تک وہ زندہ تھا

Su aterradora figura le sería útil por primera vez.

اس کی خوفناک شخصیت پہلی بار اس کے لئے مفید بننے والی تھی

Quería estar en todas las puertas de su habitación al mismo tiempo y silbar a los atacantes.

وہ ایک ہی وقت میں اپنے کمرے کے تمام دروازوں پر رہنا چاہتا تھا اور حملہ آوروں پر حملہ کرنا چاہتا تھا۔

La hermana no debe quedarse con él obligadamente, sino voluntariamente.

بہن کو مجبورا اس کے ساتھ نہیں رہنا چاہئے ، بلکہ رضاکارانہ طور پر رہنا چاہئے۔

Ella debería sentarse a su lado en el sofá, inclinando su oreja hacia él.

اسے صوفے پر اس کے بغل میں بیٹھنا چاہئے اور اپنے کان کو اس کی طرف جھکانا چاہئے۔

y quería confiarle que tenía la firme intención de enviarla a la escuela de música.

اور وہ اس پر بھروسہ کرنا چاہتا تھا کہ وہ اسے میوزک اسکول بھیجنے کا پختہ ارادہ رکھتا ہے۔

Se lo habría contado a todo el mundo esta pasada Navidad si el accidente no hubiera intervenido.

اگر حادثے نے مداخلت نہ کی ہوتی تو وہ گزشتہ کرسمس میں سب کو بتا دیتا۔

Lo habría dicho sin preocuparse por ninguna objeción.

وہ کسی اعتراض کی پرواہ کیے بغیر یہ بات کہہ دیتے۔

La Navidad ya había pasado ¿no?

کرسمس پہلے ہی ختم ہو چکا تھا، ہے نا؟

Tras esta explicación, la hermana estallaría en lágrimas de emoción.

اس وضاحت کے بعد بہن جذبات کے آنسو رونے لگے گی

y Gregor se acercaba a su axila y le besaba el cuello

اور گریگور اس کی بغل تک اٹھ تا اور اس کی گردن کو چومتا۔

El cuello que llevaba libremente sin cinta ni collar desde que consiguió un trabajo.

وہ گردن جسے وہ نوکری ملنے کے بعد سے بغیر ربن یا کالر کے آزادانہ طور پر پہنتی تھیں

-¡Señor Samsa! -gritó el intermediario a su padre.

"مسٹر سامسا"!درمیانی آدمی نے اپنے والد کو پکارا۔

Y, sin decir una palabra más, señaló con el dedo índice a Gregor, que avanzaba lentamente.

اور اس نے ایک اور لفظ کہے بغیر گریگور کی طرف انگلی اٹھاتے ہوئے اشارہ کیا جو آہستہ آہستہ آگے بڑھ رہا تھا۔

El violín se quedó en silencio

وائلن خاموش ہو گیا

El compañero de habitación del medio sonrió y negó con la cabeza a sus amigos.

درمیان ی روم میٹ مسکرایا اور اپنے دوستوں کی طرف سر ہلایا

Y luego volvió a mirar a Gregor.

اور پھر اس نے گریگور کی طرف مڑ کر دیکھا۔

Al padre le pareció que era más necesario calmar a los caballeros que ahuyentar a Gregor.

والد نے گریگور کو بھگانے کے بجائے حضرات کو پرسکون کرنا زیادہ ضروری سمجھا۔

Aunque no estaban en absoluto entusiasmados y Gregor parecía entretenerlos más que el violín.

اگرچہ وہ بالکل بھی پرجوش نہیں تھے اور گریگور وائلن بجانے سے زیادہ ان کی تفریح کرتا تھا۔

Corrió hacia ellos y trató de empujarlos hacia su habitación con los brazos extendidos.

وہ ان کے پاس گیا اور اپنے بازو پھیلا کر انہیں ان کے کمرے میں دھکیلنے کی کوشش کی۔

y al mismo tiempo trató de usar su cuerpo para bloquear la visión de Gregor.

اور اس کے ساتھ ہی اس نے گریگور کے بارے میں ان کے نقطہ نظر کو روکنے کے لئے اپنے جسم کو استعمال کرنے کی کوشش کی۔

En realidad se enojaron un poco.

وہ واقعی تھوڑا غصہ ہو گئے

Nadie sabía exactamente por qué estaban enojados

کوئی نہیں جانتا تھا کہ وہ کس بات پر ناراض تھے

La conducta del padre podría haber sido una razón para el estado de ánimo de los caballeros.

والد کا رویہ حضرات کے مزاج کی وجہ بن سکتا تھا

Pero podrían haber estado igualmente enojados porque recién ahora se enteraron del tipo de compañero de habitación que tenían.

لیکن وہ اتنے ہی غصے میں ہو سکتے تھے کہ انہیں اب ہی پتہ چلا ہے کہ ان کے پاس کس قسم کا روم میٹ ہے۔

Exigieron explicaciones a su padre y se tiraron inquietos de la barba.

انہوں نے اپنے والد سے وضاحت طلب کی اور بے چینی سے ان کی داڑھیوں کو چھونے لگے۔

y se retiraron lentamente hacia su habitación

اور وہ آہستہ آہستہ اپنے کمرے کی طرف پیچھے ہٹ گئے۔

Mientras tanto, la hermana había superado la sensación de estar perdida después de que su interpretación del violín se interrumpiera repentinamente.

اس دوران بہن نے اپنے گم ہونے کے احساس پر قابو پا لیا تھا کیونکہ اس کا وائلن بجانے میں اچانک خلل پڑ گیا تھا۔

De repente ella se había recuperado.

اس نے اچانک خود کو ایک ساتھ کھینچ لیا تھا

pero sólo después de haber sostenido el violín y el arco en sus manos colgando casualmente por un rato

لیکن اس کے بعد ہی اس نے وائلن تھام لیا اور تھوڑی دیر کے لئے اپنے لٹکتے ہوئے ہاتھوں میں جھک گیا۔

y ella seguía mirando las notas musicales como si todavía estuviera tocando

اور وہ میوزک نوٹوں کو اس طرح دیکھتی رہی جیسے وہ ابھی بھی بجا رہی ہو۔

Ella había colocado el instrumento en el regazo de su madre.

اس نے یہ آلہ اپنی ماں کی گود میں رکھ دیا تھا

La madre que todavía estaba sentada en su silla con dificultades para respirar y con los pulmones trabajando pesadamente.

وہ ماں جو سانس لینے میں دشواری اور پھیپھڑوں کے شدید کام کرنے

کے ساتھ ابھی بھی اپنی کرسی پر بیٹھی تھی

Y ella había corrido a la habitación contigua, a la que los
caballeros ya se acercaban más rápidamente bajo la
insistencia de su padre.

اور وہ بھاگ کر اگلے کمرے میں داخل ہو گئی تھی، جہاں وہ حضرات
پہلے ہی اپنے والد کے اصرار پر تیزی سے پہنچ رہے تھے۔

Se podía ver cómo, bajo las hábiles manos de la hermana, las
mantas y los cojines de las camas volaban por los aires y se
acomodaban.

کوئی دیکھ سکتا تھا کہ کس طرح بہن کے ہنرمند ہاتھوں کے نیچے
بستروں میں کمبل اور گدیاں ہوا میں اڑ گئیں اور خود کو ترتیب دیا۔

Antes de que los caballeros llegaran a la habitación, ella
había terminado de hacer la cama y se había escabullido.

اس سے پہلے کہ حضرات کمرے میں پہنچتے، وہ بستر بنانا ختم کر
چکی تھی اور پھسل کر باہر نکل گئی تھی۔

El padre parecía estar tan absorto en su propia terquedad
que olvidó todo el respeto que debía a sus inquilinos.

ایسا لگتا تھا کہ والد اپنی ہی ضد سے اس قدر متاثر تھا کہ وہ اپنے
کرایہ داروں کی تمام عزت بھول گیا۔

Él simplemente empujó y empujó hasta que el caballero de
en medio golpeó estruendosamente con el pie la puerta de la
habitación.

اس نے صرف دھکا دیا اور دھکا دیا یہاں تک کہ درمیان میں موجود
حضرات نے کمرے کے دروازے پر اپنے پاؤں پر مہر لگا دی۔

Y con ello detuvo al padre.

اور اس طرح اس نے باپ کو تھم دیا

«Por la presente declaro», comenzó.

"میں اس کے ذریعہ اعلان کرتا ہوں، "اس نے شروع کیا"۔

y levantó la mano y miró a su madre y a su hermana.

اور اس نے اپنا ہاتھ اٹھایا اور اس کی ماں اور اس کی بہن کی طرف دیکھا۔

»En vista de las condiciones repugnantes que prevalecen en
este apartamento y familia, doy aviso para desocupar mi
habitación«

"اس اپارٹمنٹ اور فیملی میں موجود گھناؤنے حالات کے پیش نظر، میں
اپنا کمرہ خالی کرنے کا نوٹس دے رہا ہوں"

Decidió escupir en el suelo.

اس نے زمین پر تھوکنے کا فیصلہ کیا

»Por supuesto que no pagaré nada por los días que viví
aquí«

"یقیناً، میں ان دنوں کے لئے کچھ بھی ادا نہیں کروں گا جو میں یہاں رہا
ہوں".

»Sin embargo, consideraré si haré alguna exigencia contra
usted«

"لیکن میں اس بات پر غور کروں گا کہ کیا میں تمہارے خلاف کوئی
مطالبہ کروں گا؟"

»Y créanme, tales exigencias serán muy fáciles de justificar«

"اور مجھ پر یقین کریں، اس طرح کے مطالبات کا جواز پیش کرنا بہت
آسان ہوگا"

Estaba en silencio y miraba hacia delante como si estuviera
esperando algo.

وہ خاموش تھا اور سیدھا آگے کی طرف دیکھنے لگا جیسے وہ کسی
چیز کی توقع کر رہا ہو

De hecho, sus dos amigos inmediatamente tuvieron la
misma idea.

درحقیقت، اس کے دو دوستوں کو فوری طور پر ایک ہی خیال آیا تھا.

»También cancelaremos nuestras habitaciones de
inmediato«

"ہم بھی فوری طور پر اپنے کمرے منسوخ کر رہے ہیں"

Luego agarró la manija de la puerta y la cerró de golpe.

پھر اس نے دروازے کا ہینڈل پکڑا اور زور زور سے دروازہ بند کر
دیا۔

El padre se tambaleó hasta su silla con manos a tientas y se
dejó caer en ella.

والد ہاتھوں سے اپنی کرسی پر بیٹھ گئے اور خود کو اس میں گرنے دیا۔

Parecía como si se estuviera estirando para su siesta
vespertina habitual.

ایسا لگ رہا تھا جیسے وہ اپنی معمول کی شام کی نیند کے لئے کھینچ
رہا ہو

Pero el fuerte movimiento de su cabeza, como si no tuviera
apoyo, mostraba que no dormía en absoluto.

لیکن اس کے سر کا مضبوط سر ہلانا، جیسے کسی سہارے کے بغیر،
ظاہر کرتا تھا کہ وہ بالکل سو نہیں رہا تھا

Gregor había permanecido tumbado tranquilamente en la
plaza todo el tiempo.

گریگور پورے وقت چوک پر خاموشی سے لیٹا رہا تھا۔

El lugar donde los caballeros lo habían atrapado.

وہ جگہ جہاں حضرات نے اسے پکڑا تھا

Le resultó imposible moverse

اسے حرکت کرنا ناممکن لگ رہا تھا

Quizás por la decepción por el fracaso de su plan.

شاید اس کے منصوبے کی ناکامی پر مایوسی کی وجہ سے

o quizás por la debilidad que le produce el hambre prolongada

یا شاید طویل بھوک کی وجہ سے پیدا ہونے والی کمزوری کی وجہ سے

Temía con cierta certeza que se desatara sobre él un colapso general.

اسے کچھ یقین کے ساتھ ڈر تھا کہ اس پر ایک عام زوال برپا ہو جائے گا۔

Y con esta expectativa esperó

اور اس امید کے ساتھ اس نے انتظار کیا

Ni siquiera el violín lo sobresaltó.

وائلن نے بھی اسے حیران نہیں کیا

el violín que cayó de los dedos temblorosos de su madre, de su regazo

وائلن جو اس کی ماں کی کانپتی انگلیوں سے گرتا تھا، اس کی گود سے

Con un sonido resonante el violín cayó al suelo

ایک زوردار آواز کے ساتھ وائلن زمین پر گر گیا

«Queridos padres», dijo la hermana.

"پیارے والدین، "بہن نے کہا۔

Y dio una palmada en la mesa para empezar.

اور اس نے شروع کرنے کے لئے میز پر اپنا ہاتھ تھپڑ مارا۔

«Esto no puede continuar«

"یہ جاری نہیں رہ سکتا"

"Si tú no lo ves, yo sí lo veo"

"اگر تم اسے نہیں دیکھتے، تو میں دیکھ سکتا ہوں۔"

"No pronunciaré el nombre de mi hermano delante de este monstruo"

"میں اس عفریت کے سامنے اپنے بھائی کا نام نہیں بولوں گا"

»Por eso lo digo: tenemos que intentar deshacernos de este animal«

"یہی وجہ ہے کہ میں صرف یہ کہہ رہا ہوں :ہمیں اس جانور سے

چھٹکارا پانے کی کوشش کرنی ہوگی"

Hemos intentado, en la medida de lo humanamente posible, cuidar y tolerar a este animal.

ہم نے اس جانور کی دیکھ بھال اور برداشت کرنے کے لئے ہر ممکن انسانی کوشش کی ہے

«No creo que nadie pueda culparnos en lo más mínimo».

مجھے نہیں لگتا کہ کوئی ہم پر ذرا سا بھی الزام لگا سکتا ہے۔

«Tiene mil veces razón», se dijo el padre.

"وہ ہزار بار صحیح ہے۔ "باپ نے اپنے آپ سے کہا۔

La madre todavía no podía encontrar suficiente aliento.

ماں کو ابھی تک کافی سانس نہیں مل رہی تھی

Ella empezó a toser sordamente en su mano con una expresión de locura en sus ojos.

اس نے آنکھوں میں پاگل پن کے اظہار کے ساتھ اپنے ہاتھ میں ہلکی کھانسی شروع کردی۔

La hermana corrió hacia su madre y le agarró la frente.

بہن بھاگ کر اپنی ماں کے پاس گئی اور اس کی پیشانی تھام لی۔

Las palabras de la hermana parecieron haber llevado al padre a pensamientos más definidos.

ایسا لگتا تھا کہ بہن کے الفاظ سے باپ کو زیادہ واضح خیالات میں لایا گیا تھا

Se había sentado erguido y estaba jugando con su gorra de sirviente entre los platos.

وہ سیدھا بیٹھ گیا تھا اور پلیٹوں کے درمیان اپنے نوکر کی ٹوپی سے کھیل رہا تھا۔

Los platos que todavía estaban en la mesa de la cena del inquilino.

وہ پلیٹیں جو کرایہ دار کے کھانے سے اب بھی میز پر پڑی تھیں

Y a veces miraba al silencioso Gregor.

اور وہ کبھی کبھی خاموش گریگور کی طرف دیکھتا تھا

«Tenemos que intentar deshacernos de él», dijo la hermana exclusivamente al padre.

"ہمیں اس سے چھٹکارا پانے کی کوشش کرنی چاہیے"، بہن نے باپ سے خصوصی طور پر کہا

porque la madre no oía nada al toser

کیونکہ ماں نے اپنی کھانسی میں کچھ نہیں سنا

Os matará a ambos, lo veo venir.

یہ تم دونوں کو مار ڈالے گا، میں اسے آتے ہوئے دیکھ سکتا ہوں

Si tienes que trabajar tan duro como todos nosotros, no podrás soportar esta tortura constante en casa.

اگر آپ کو ہم سب کی طرح سخت محنت کرنی ہے، تو آپ گھر پر اس مسلسل اذیت کو برداشت نہیں کر سکتے ہیں۔

«Yo tampoco puedo más»

"میں اب یہ بھی نہیں کر سکتا"

Y estalló en lágrimas tan violentamente que sus lágrimas corrieron sobre el rostro de su madre.

اور وہ اتنی شدت سے رونے لگی کہ اس کے آنسو اس کی ماں کے چہرے پر بہہ گئے۔

Lágrimas que se secó con movimientos mecánicos de las manos.

ہاتھ کی میکانی حرکات سے اس نے آنسو پونچھے

Niño, dijo el padre con compasión y con sorprendente comprensión.

بچے، باپ نے شفقت اور حیرت انگیز سمجھ داری کے ساتھ کہا

«Pero ¿qué debemos hacer?»

"لیکن ہمیں کیا کرنا چاہیے؟"

La hermana simplemente se encogió de hombros en señal de impotencia.

بہن نے بے بسی کی علامت میں صرف اپنے کندھے جھکائے

La impotencia ahora se apoderó de ella mientras lloraba, en contraste con su confianza anterior.

بے بسی نے اب اسے روتے ہوئے جکڑ لیا تھا، اس کے پچھلے اعتماد کے برعکس

Si nos entendiera, dijo el padre medio interrogante.

کاش وہ ہمیں سمجھتا، والد نے آدھا سوالیہ انداز میں کہا

La hermana sacudió su mano violentamente mientras lloraba.

بہن نے روتے ہوئے زور سے ہاتھ ہلایا

Para señalar que no se debe pensar en esto

یہ اشارہ دینے کے لئے کہ اس کے بارے میں نہیں سوچا جانا چاہئے

Si tan sólo nos entendiera, repetía el padre.

کاش وہ ہمیں سمجھتا، باپ نے دہرایا

Y cerrando los ojos aceptó la convicción de su hermana de

que eso era imposible.

اور آنکھیں بند کر کے اس نے اپنی بہن کے اس یقین کو تسلیم کر لیا کہ یہ ناممکن ہے۔

»Entonces quizás sería posible un acuerdo con él«

"پھر شاید اس کے ساتھ کوئی معاہدہ ممکن ہو سکے گا۔"

»Pero así como están las cosas...«

"لیکن جیسا کہ یہ ہے"...

«Tiene que irse», gritó la hermana.

اسے جانا چاہیے۔ "بہن نے چیخ کر کہا۔

«Esa es la única solución, padre»

"یہی واحد حل ہے بابا"۔

Sólo hay que intentar deshacerse del pensamiento de que es Gregor.

آپ کو صرف اس خیال سے چھٹکارا حاصل کرنے کی کوشش کرنی ہوگی کہ یہ گریگور ہے

"El hecho de que lo hayamos creído durante tanto tiempo es nuestra verdadera desgracia".

حقیقت یہ ہے کہ ہم اتنے عرصے تک اس پر یقین رکھتے تھے، یہ ہماری اصل بدقسمتی ہے۔

»¿Pero cómo puede ser Gregorio?«

"لیکن یہ گریگور کیسے ہو سکتا ہے؟"

Si fuera Gregor, se habría dado cuenta hace mucho tiempo.

اگر یہ گریگور ہوتا تو اسے بہت پہلے ہی اس بات کا احساس ہو چکا ہوتا۔

»La coexistencia del hombre con un animal así no es posible«

"ایسے جانور کے ساتھ انسانوں کا بقائے باہمی ممکن نہیں ہے"

»y se hubiera ido voluntariamente«

"اور وہ رضاکارانہ طور پر چلے جاتے"

"Entonces no tendríamos hermano, pero podríamos seguir viviendo y honrando su memoria".

"تب ہمارا کوئی بھائی نہیں ہوگا، لیکن ہم زندہ رہ سکتے ہیں اور اس کی یادوں کا احترام کر سکتے ہیں۔

"Pero esta bestia nos persigue y ahuyenta a nuestros labradores".

"لیکن یہ جانور ہمارا پیچھا کرتا ہے اور ہمارے کرایہ داروں کو بھگا

دیتا ہے۔

»Es evidente que quiere apoderarse de todo el apartamento y hacernos dormir en la calle«

"ظاہر ہے کہ یہ پورے اپارٹمنٹ پر قبضہ کرنا چاہتا ہے اور ہمیں گلی میں سونے پر مجبور کرنا چاہتا ہے "

Mira, padre, gritó de repente, "¡está empezando de nuevo!"

دیکھو، بابا، وہ اچانک چیخی،" وہ دوبارہ شروع کر رہا ہے "!

Y en un horror que Gregor no podía comprender, su hermana incluso abandonó a su madre.

اور ایک خوف میں جو گریگور کو سمجھ نہیں آیا ، اس کی بہن نے بھی اپنی ماں کو چھوڑ دیا۔

Ella literalmente se apartó de su silla como si quisiera sacrificar a su madre.

اس نے لفظی طور پر خود کو اپنی کرسی سے اس طرح دور دھکیل دیا جیسے وہ اپنی ماں کو قربان کرنا چاہتی ہو۔

Mejor eso que quedarse cerca de Gregor

گریگور کے قریب رہنے سے بہتر ہے

Y corrió detrás de su padre, quien, simplemente agitado por su comportamiento, también se puso de pie.

اور وہ اپنے والد کے پیچھے بھاگی، جو اس کے رویے سے صرف مشتعل ہو کر کھڑا ہو گیا۔

y levantó a medias los brazos, como para proteger a su hermana.

اور اس نے آدھے ہاتھ اٹھائے ، گویا اپنی بہن کی حفاظت کے لیے

Pero Gregor nunca pensó en intentar asustar a nadie, especialmente a su hermana.

لیکن گریگور نے کبھی کسی کو ڈرانے کی کوشش کرنے کے بارے میں نہیں سوچا، خاص طور پر اس کی بہن

Apenas había empezado a darse la vuelta para regresar a su habitación.

اس نے اپنے کمرے میں واپس جانے کے لئے پیچھے مڑنا شروع کیا تھا

Pero debido a su condición de sufrimiento, tuvo que usar su cabeza para ayudarse con los giros difíciles.

لیکن اس کی تکلیف دہ حالت کی وجہ سے ، اسے مشکل موڑ میں مدد کرنے کے لئے اپنے سر کا استعمال کرنا پڑا۔

Las piernas que levantó muchas veces y golpeó el suelo.

وہ ٹانگیں جنہیں اس نے کئی بار اٹھایا اور زمین سے ٹکرا گیا۔

Hizo una pausa y miró a su alrededor.

اس نے رک کر چاروں طرف دیکھا

Su buena intención parecía haber sido reconocida.

ایسا لگتا تھا کہ اس کی نیک نیتی کو پہچان لیا گیا ہے

Fue solo un shock momentáneo

یہ صرف ایک لمحے کا صدمہ تھا

Ahora todos lo miraban en silencio y con tristeza.

اب ہر کوئی خاموشی اور افسوس سے اس کی طرف دیکھ رہا تھا

La madre yacía en su sillón, con las piernas estiradas y
apretadas, los ojos casi cerrados por el cansancio.

ماں اپنی کرسی پر لیٹی ہوئی تھی، اس کی ٹانگیں پھیلی ہوئی تھیں اور
ایک ساتھ دبی ہوئی تھیں، تھکاوٹ سے اس کی آنکھیں تقریبا بند تھیں۔

El padre y la hermana estaban sentados uno al lado del otro,
la hermana había puesto su mano alrededor del cuello del
padre.

باپ اور بہن ایک دوسرے کے بغل میں بیٹھے تھے، بہن نے باپ کی
گردن پر ہاتھ رکھا ہوا تھا۔

«Quizás ahora pueda darme la vuelta», pensó Gregor y
reanudó su trabajo.

"اب شاید میں پلٹ سکتا ہوں، "گریگور نے سوچا اور دوبارہ اپنا کام
شروع کر دیا۔

No pudo reprimir el jadeo de esfuerzo.

وہ مشقت کی ہچکی کو دبا نہیں سکا

y también tuvo que descansar aquí y allá

اور اسے یہاں اور وہاں آرام بھی کرنا پڑتا تھا۔

Además, nadie lo instó.

اس کے علاوہ، کسی نے اس پر زور نہیں دیا

Todo quedó en sus manos

یہ سب اس پر چھوڑ دیا گیا تھا

Cuando hubo completado el giro, inmediatamente comenzó
a caminar en línea recta hacia atrás.

جب اس نے باری پوری کی تو اس نے فورا سیدھا چلنا شروع کر دیا۔

Se sorprendió de la gran distancia que lo separaba de su
habitación.

وہ اس بڑی دوری پر حیران تھا جس نے اسے اپنے کمرے سے الگ

کر دیا تھا۔

y no comprendía cómo, en su debilidad, había recorrido recientemente el mismo camino casi sin darse cuenta.

اور اسے سمجھ میں نہیں آیا کہ کس طرح، اپنی کمزوری میں، اس نے حال ہی میں اسی راستے کا سفر کیا تھا۔

Siempre decidido a gatear rápidamente, apenas prestaba atención al hecho de que ninguna palabra, ninguna exclamación de su familia lo perturbaba.

وہ ہمیشہ تیزی سے رینگنے کا ارادہ رکھتے تھے، لیکن انہوں نے شاید ہی اس حقیقت پر کوئی توجہ دی کہ ان کے گھر والوں کی طرف سے کوئی لفظ، کوئی تضحیک انہیں پریشان نہیں کرتی تھی۔

Sólo cuando ya estaba en la puerta giró la cabeza, pero no del todo.

صرف جب وہ پہلے سے ہی دروازے میں تھا تو اس نے اپنا سر موڑا، لیکن مکمل طور پر نہیں۔

porque sintió que se le ponía rígido el cuello

کیونکہ اس نے اپنی گردن سخت محسوس کی

Al menos vio que nada había cambiado detrás de él, solo la hermana se había puesto de pie.

کم از کم اس نے دیکھا کہ اس کے پیچھے کچھ نہیں بدلا تھا، صرف بہن کھڑی ہوئی تھی۔

Su última mirada fue hacia su madre, que ahora estaba completamente dormida.

اس کی آخری نظر اس کی ماں کی طرف تھی، جو اب مکمل طور پر سو چکی تھی۔

Tan pronto como estuvo dentro de su habitación, la puerta fue cerrada apresuradamente, con pestillo y llave.

جیسے ہی وہ اپنے کمرے کے اندر داخل ہوا، دروازہ جلدی سے بند کر دیا گیا، بند کر دیا گیا اور بند کر دیا گیا۔

Gregor se asustó tanto por el ruido repentino detrás de él que sus piernas se doblaron.

گریگور اپنے پیچھے اچانک آنے والے شور سے اتنا خوفزدہ تھا کہ اس کی ٹانگیں جھک گئیں۔

Fue la hermana quien corrió hacia la puerta.

یہ وہ بہن تھی جو دروازے کی طرف دوڑی تھی

Ella ya estaba allí parada y esperando.

وہ پہلے ہی سیدھی کھڑی تھی اور انتظار کر رہی تھی۔

Luego saltó hacia adelante ligeramente.

اس کے بعد وہ ہلکے سے آگے بڑھ گئی۔

Gregor ni siquiera la había oído venir.

گریگور نے اسے آتے ہوئے بھی نہیں سنا تھا

Y "¡Por fin!", gritó a sus padres mientras giraba la llave en la cerradura.

اور" آخر کار "!اس نے تالے میں چابی پھیرتے ہوئے اپنے والدین کو پکارا۔

«¿Y ahora?», se preguntó Gregor y miró a su alrededor en la oscuridad.

"اور اب؟ "گریگور نے اپنے آپ سے پوچھا اور اندھیرے میں چاروں طرف دیکھا۔

Pronto descubrió que ya no podía moverse en absoluto.

اسے جلد ہی پتہ چلا کہ وہ اب بالکل بھی حرکت نہیں کر سکتا

No se sorprendió

اسے حیرت نہیں ہوئی

Más bien, le parecía antinatural que hasta ahora hubiera podido moverse con esas delgadas patitas.

بلکہ، اسے یہ غیر فطری لگ رہا تھا کہ وہ اب تک ان پتلی چھوٹی ٹانگوں کے ساتھ حرکت کرنے کے قابل تھا۔

Por lo demás se sentía relativamente cómodo.

بصورت دیگر وہ نسبتا آرام دہ محسوس کرتا تھا

Aunque tenía dolor en todo el cuerpo, sentía como si poco a poco se debilitara cada vez más y finalmente desapareciera por completo.

اگرچہ اس کے پورے جسم میں درد تھا ، لیکن اسے ایسا لگا جیسے یہ آہستہ آہستہ کمزور سے کمزور ہوتا جارہا ہے اور آخر کار مکمل طور پر غائب ہوجائے گا۔

Apenas sentía la manzana podrida en su espalda y la zona inflamada, que estaba completamente cubierta de polvo suave.

اس نے بمشکل اپنی پیٹھ میں سڑے ہوئے سیب اور سوجن والی جگہ کو محسوس کیا ، جو مکمل طور پر نرم دھول سے ڈھکا ہوا تھا۔

Recordó a su familia con emoción y amor.

اس نے جذبات اور محبت کے ساتھ اپنے خاندان کے بارے میں سوچا

Su opinión de que debía desaparecer fue quizás incluso más
decisiva que la de su hermana.

اس کی رائے کہ اسے غائب ہونا ہے شاید اس کی بہن سے بھی زیادہ
فیصلہ کن تھا۔

Permaneció en este estado de contemplación vacía y pacífica
hasta que el reloj de la torre dio las tres de la mañana.

وہ اس خالی اور پرامن غور و فکر کی حالت میں اس وقت تک رہے
جب تک کہ ٹاور کی گھڑی صبح تین بج نہیں گئی۔

No experimentó el comienzo del aclaramiento general fuera
de la ventana.

اس نے کھڑکی کے باہر عام روشن ہونے کا تجربہ نہیں کیا

Entonces su cabeza se hundió completamente sin su
voluntad, y su último aliento fluyó débilmente de sus fosas
nasales.

پھر اس کا سر اس کی مرضی کے بغیر مکمل طور پر ڈوب گیا اور اس
کی آخری سانس اس کے نتھنوں سے کمزور ی سے بہہ گئی۔

Cuando la criada llegó temprano por la mañana, no encontró
nada inusual durante su habitual y corta visita a Gregor.

جب نوکرانی صبح سویرے آئی تو اسے گریگور کے معمول کے
مختصر دورے کے دوران کچھ بھی غیر معمولی نہیں لگا۔

Por pura fuerza y prisa, cerró todas las puertas con tanta
fuerza que no fue posible dormir tranquilo en todo el
apartamento.

بڑی طاقت اور عجلت میں اس نے تمام دروازوں کو اتنی زور سے دبایا
کہ پورے اپارٹمنٹ میں پرسکون نیند ممکن نہیں تھی۔

A pesar de que se me pidió evitar esto

اس سے بچنے کے لئے کہے جانے کے باوجود

Ella pensó que él estaba allí acostado tan inmóvil a
propósito y que estaba jugando a ser la parte ofendida.

اس نے سوچا کہ وہ جان بوجھ کر وہاں اتنا بے حرکت پڑا ہے اور
ناراض پارٹی کا کردار ادا کر رہا ہے۔

Ella confiaba en que él tenía todo tipo de inteligencia.

وہ اس پر بھروسہ کرتی تھی کہ وہ ہر قسم کی ذہانت رکھتا ہے

Como tenía en la mano la escoba larga, intentó hacerle
cosquillas a Gregor con ella desde la puerta.

چونکہ وہ اپنے ہاتھ میں لمبا جھاڑو تھامے ہوئے تھی ، اس نے
دروازے سے گریگور کو اس سے گدگداانے کی کوشش کی۔

Cuando no hubo éxito, ella se enojó.

جب کوئی کامیابی نہ ملی تو وہ غصے میں آ گئی۔

Y empujó un poco a Gregor.

اور اس نے تھوڑا سا گریگور میں دھکیل دیا۔

Y sólo cuando lo empujó de su lugar sin ninguna resistencia se dio cuenta.

اور جب اس نے بغیر کسی مزاحمت کے اسے اس کی جگہ سے دھکیل دیا تو اسے پتہ چلا۔

Cuando pronto se dio cuenta de los verdaderos hechos, abrió mucho los ojos.

جب اسے جلد ہی اصل حقائق کا احساس ہوا تو اس نے آنکھیں کھول دیں۔

Ella silbó para sí misma, pero no se quedó mucho tiempo.

اس نے اپنے آپ کو سیٹی بجائی، لیکن زیادہ دیر تک نہیں رکی۔

pero ella abrió la puerta del dormitorio

لیکن اس نے بیڈروم کا دروازہ کھول دیا

Y gritó a gran voz en la oscuridad.

اور اس نے اندھیرے میں اونچی آواز میں پکارا۔

«Sólo míralo, murió»

"اسے دیکھو، وہ مر گیا"

»¡Allí yace, completamente muerto!«

"یہ وہاں پڑا ہے، مکمل طور پر مردہ ہے"!

La pareja Samsa se sentó erguida en su cama matrimonial y tuvo que superar la sorpresa ante la criada.

سمسا جوڑا اپنے ازدواجی بستر پر سیدھا بیٹھ گیا اور اسے نوکرانی پر اپنے صدمے پر قابو پانا پڑا۔

Antes de que fuera posible recibir su mensaje

اس سے پہلے کہ ان کا پیغام وصول کرنا ممکن ہو

Pero entonces el señor y la señora Samsa, cada uno por su lado, se levantaron apresuradamente de la cama.

لیکن پھر مسٹر اور مسز سمسا، دونوں ان کی طرف سے، جلدی سے بستر سے اٹھ گئے۔

El señor Samsa se echó la manta sobre los hombros.

جناب سمسا نے کمبل اپنے کندھوں پر پھینک دیا

La señora Samsa salió sólo en camisón.

مسز سمسا صرف اپنے نائٹ گاؤن میں باہر آئیں

Así que entraron en la habitación de Gregor.

تو وہ گریگور کے کمرے میں داخل ہوئے۔

Mientras tanto, la puerta de la sala de estar también se había abierto.

اس دوران کمرے کا دروازہ بھی کھل چکا تھا۔

La sala de estar donde Grete dormía desde que se mudaron los inquilinos.

وہ رہائشی کمرہ جہاں کرایہ داروں کے منتقل ہونے کے بعد سے گریٹ سوتا تھا

Estaba completamente vestida como si no hubiera dormido en absoluto.

وہ مکمل طور پر کپڑے پہنے ہوئے تھی جیسے وہ بالکل بھی سویا ہی نہ ہو

Su pálido rostro también parecía demostrarlo.

اس کا پیلا چہرہ بھی اس بات کو ثابت کرتا تھا

«¿Muerta?», dijo la señora Samsa y miró interrogativamente a la criada.

"مردہ؟ "مسز سامسا نے کہا اور نوکرانی کی طرف سوالیہ نظروں سے دیکھا۔

Aunque ella misma podía comprobarlo todo e incluso reconocerlo sin comprobarlo.

اگرچہ وہ ہر چیز کو خود چیک کر سکتی تھی اور یہاں تک کہ اسے چیک کیے بغیر پہچان سکتی تھی۔

-Creo que sí -dijo la criada, y para demostrarlo empujó con la escoba el cuerpo de Gregor bastante lejos hacia un lado.

مجھے ایسا ہی لگتا ہے ، نوکرانی نے کہا، اور اسے ثابت کرنے کے لئے ، گریگور کے جسم کو جھاڑو کے ساتھ ایک طرف دھکیل دیا.

La señora Samsa hizo un movimiento como si quisiera retener la escoba, pero no lo hizo.

مسز سمسا نے ایک ایسی حرکت کی جیسے وہ جھاڑو روکنا چاہتی تھی، لیکن ایسا نہیں ہوا۔

Bueno, dijo el señor Samsa, "ahora podemos dar gracias a Dios".

ٹھیک ہے ، مسٹر سمسا نے کہا،" اب ہم خدا کا شکریہ ادا کر سکتے ہیں"۔

Se persignó y las tres mujeres siguieron su ejemplo.

اس نے خود کو عبور کیا اور تینوں عورتوں نے اس کی مثال کی پیروی کی۔

Grete, que no apartaba la vista del cadáver, dijo: "Mira qué delgado estaba".

گریٹ، جس نے لاش سے اپنی نظریں نہیں ہٹائیں، نے کہا: "دیکھو وہ کتنا پتلا تھا۔

«Hace mucho tiempo que no come nada»

"اس نے اتنے عرصے سے کچھ نہیں کھایا"

"A medida que la comida entraba, volvía a salir"

"جیسے ہی کھانا اندر آیا، وہ دوبارہ باہر آ گیا۔

De hecho, el cuerpo de Gregor estaba completamente plano y seco.

درحقیقت، گریگور کا جسم مکمل طور پر چپٹا اور خشک تھا

Uno sólo se dio cuenta de esto ahora, cuando ya no lo levantaban por las piernas.

اب صرف ایک نے اس پر دھیان دیا، کیونکہ اب وہ اپنی ٹانگوں سے نہیں اٹھایا گیا تھا

y porque nada más distraía la vista

اور کیونکہ کسی اور چیز نے منظر کو بھٹکا نہیں دیا

-Ven un rato con nosotros, Grete -dijo la señora Samsa con una sonrisa melancólica.

"تھوڑی دیر کے لیے ہمارے ساتھ آؤ، گریٹ، "مسز سمسا نے ایک اداس مسکراہٹ کے ساتھ کہا۔

y Grete, no sin mirar atrás el cadáver, siguió a sus padres hasta el dormitorio.

اور گریٹ، لاش کو پیچھے دیکھے بغیر، اپنے والدین کے پیچھے بیڈروم میں چلی گئی۔

La criada cerró la puerta y abrió la ventana por completo.

نوکرانی نے دروازہ بند کر دیا اور کھڑکی مکمل طور پر کھول دی۔

A pesar de ser temprano por la mañana, el aire fresco ya estaba un poco tibio.

صبح سویرے ہونے کے باوجود، تازہ ہوا پہلے سے ہی تھوڑی ٹھنڈی تھی۔

Ya era finales de marzo

یہ پہلے ہی مارچ کا اختتام تھا

Los tres inquilinos salieron de su habitación y miraron a su alrededor con asombro después del desayuno.

تین کرایہ دار اپنے کمرے سے باہر نکلے اور ناشتہ کرنے کے بعد حیرت سے چاروں طرف دیکھا۔

Por lo que la criada encontró, ella había sido olvidada.

نوکرانی نے جو پایا اس کی وجہ سے وہ بھول گئی تھی

«¿Dónde está el desayuno?», preguntó malhumorado el señor del medio a la camarera.

"ناشتہ کہاں ہے ؟ "درمیانے آدمی نے روتے ہوئے ویٹریس سے پوچھا۔

La criada se llevó el dedo a la boca y luego, apresurada y silenciosamente, saludó a los caballeros.

نوکرانی نے اپنی انگلی اس کے منہ پر رکھی اور پھر جلدی سے اور خاموشی سے ان حضرات کی طرف ہاتھ ہلایا۔

Para decirles que quieren ir a la habitación de Gregor.

انہیں بتانے کے لئے کہ وہ گریگور کے کمرے میں آنا چاہتے ہیں

Vinieron y se quedaron alrededor del cuerpo de Gregor en la habitación ahora muy iluminada.

وہ آئے اور گریگور کے جسم کے ارد گرد بہت روشن کمرے میں کھڑے ہو گئے۔

Entonces la puerta del dormitorio se abrió.

پھر بیڈروم کا دروازہ کھلا

Y el señor Samsa apareció con su librea, su esposa en un brazo, su hija en el otro.

اور مسٹر سامسا اس کے جگر میں نمودار ہوئے، ایک بازو پر اس کی بیوی، دوسرے ہاتھ پر اس کی بیٹی۔

Todos estaban un poco llorosos.

ہر کوئی تھوڑا سا رو رہا تھا

A veces Grete apretaba su cara contra el brazo de su padre.

گریٹ کبھی کبھی اپنے چہرے کو اپنے والد کے بازو پر دباتی تھی۔

«¡Salid de mi apartamento inmediatamente!», dijo el señor Samsa y señaló la puerta sin dejar salir a las mujeres.

"میرا اپارٹمنٹ فوراً چھوڑ دو "!سمسا نے کہا اور عورتوں کو جانے دیے بغیر دروازے کی طرف اشارہ کیا۔

-¿Qué quieres decir? -dijo el intermediario, algo consternado, y sonrió dulcemente.

"تمہارا مطلب کیا ہے ؟ "درمیانی آدمی نے کچھ مایوس ہو کر کہا اور پیاری سی مسکراہٹ سے بولا۔

Los otros dos se pusieron las manos detrás de la espalda y las frotaron continuamente.

دوسرے دونوں نے اپنے ہاتھوں کو پیٹھ کے پیچھے تھام لیا اور انہیں لگاتار رگڑتے رہے۔

como si estuvieran en alegre anticipación de una gran disputa, que tenía que resultar favorable para ellos

جیسے کسی بڑے جھگڑے کی خوشی سے امید ہو، جو ان کے لیے سازگار ثابت ہونا تھا۔

Quiero decir exactamente lo que digo, respondió el señor Samsa.

میرا مطلب بالکل وہی ہے جو میں کہتا ہوں، مسٹر سمسا نے جواب دیا

y caminó en fila con sus dos compañeros hacia los caballeros.

اور وہ اپنے دو ساتھیوں کے ساتھ ایک قطار میں ان حضرات کی طرف چلا گیا۔

Este caballero primero se quedó quieto y miró al suelo.

اس صاحب نے پہلے کھڑے ہو کر زمین کی طرف دیکھا۔

Como si las cosas en su cabeza se estuvieran organizando en un nuevo orden.

گویا اس کے سر میں موجود چیزیں اپنے آپ کو ایک نئے ترتیب میں ترتیب دے رہی تھیں۔

«Entonces vámonos», dijo y miró al señor Samsa.

"پھر چلو۔ "اس نے کہا اور مسٹر سمسا کی طرف دیکھا۔

como si, en una humildad que lo invadió de repente, exigiera una nueva aprobación incluso para esta decisión.

گویا ایک عاجزی میں جو اچانک اس پر غالب آ گئی، وہ اس فیصلے کے لیے بھی ایک نئی منظوری کا مطالبہ کر رہا تھا۔

El señor Samsa simplemente asintió con la cabeza varias veces con los ojos muy abiertos.

جناب سامسا نے بڑی آنکھوں سے کئی بار اس کی طرف سر ہلایا۔

El caballero se dirigió inmediatamente a grandes zancadas hacia la antesala.

اس کے بعد وہ صاحب فوری طور پر لمبے قدموں کے ساتھ کمرے میں داخل ہو گئے۔

Sus dos amigos habían estado escuchando con manos muy firmes durante un rato.

اس کے دو دوست کچھ دیر سے بہت مستحکم ہاتھوں سے سن رہے

تھے۔

y ahora saltaban tras él, como si tuvieran miedo.

اور اب وہ اس کے پیچھے کود رہے تھے، جیسے ڈر میں

Como si el señor Samsa pudiera entrar en la antesala antes que ellos e interrumpir la conexión con su líder.

گویا مسٹر سامسا ان کے سامنے والے کمرے میں داخل ہو سکتے ہیں اور ان کے رہنما کے ساتھ رابطے میں خلل ڈال سکتے ہیں۔

En la antesala, los tres cogieron sus sombreros del perchero.

کمرے میں، تینوں نے کوٹ ریک سے اپنی ٹوپیاں لیں

Sacaron sus palos del contenedor de palos

انھوں نے اپنی لاٹھیوں کو چھڑی کے کنٹینر سے باہر نکالا

Y se inclinaron en silencio y salieron del apartamento.

اور وہ خاموشی سے جھک گئے اور اپارٹمنٹ سے نکل گئے۔

En lo que resultó ser una desconfianza completamente infundada, el Sr. Samsa salió a la explanada con las dos mujeres.

ایک مکمل طور پر بے بنیاد بداعتمادی میں، مسٹر سامسا دونوں خواتین کے ساتھ عدالت میں سامنے آ گئیں۔

Apoyados en la barandilla, observaron cómo los tres caballeros descendían lenta pero constantemente la larga escalera.

ریلنگ پر جھک کر وہ دیکھ رہے تھے کہ تینوں حضرات آہستہ آہستہ لیکن مستقل طور پر لمبی سیڑھیوں سے نیچے اتر رہے ہیں۔

En cada piso, en una determinada curva de la escalera, desaparecieron.

سیڑھیوں کے ایک مخصوص موڑ میں ہر منزل پر وہ غائب ہو گئے۔

y después de unos momentos aparecieron de nuevo

اور چند لمحوں کے بعد وہ دوبارہ نمودار ہوئے۔

Cuanto más avanzaban, más perdía interés la familia Samsa en ellos.

وہ جتنا آگے بڑھتے گئے، اتنا ہی سمسا فیملی نے ان میں دلچسپی کھو دی۔

y todos regresaron a casa, como si estuvieran aliviados.

اور سب لوگ گھر میں واپس آ گئے، جیسے راحت ملی ہو۔

Decidieron aprovechar el día para descansar y caminar.

انھوں نے آرام کرنے اور چلنے کے لئے آج استعمال کرنے کا فیصلہ

No sólo merecían este descanso del trabajo, sino que lo necesitaban absolutamente.

وہ نہ صرف کام سے اس وقفے کے مستحق تھے بلکہ انہیں اس کی اشد ضرورت تھی۔

Y entonces se sentaron a la mesa y escribieron tres cartas de disculpa.

چنانچہ وہ میز پر بیٹھ گئے اور معافی کے تین خطوط لکھے۔

El señor Samsa escribió su carta a su dirección.

جناب سامسا نے اپنی انتظامیہ کو اپنا خط لکھا

La señora Samsa escribió su carta a sus clientes.

مسز سمسا نے اپنے گاہکوں کو خط لکھا

y Grete escribió su carta a su director

اور گریٹ نے اپنے پرنسپل کو اپنا خط لکھا

Mientras todos escribían, entró la criada para decir que se iba.

جب وہ سب لکھ رہے تھے، نوکرانی اندر آئی اور کہا کہ وہ جا رہی ہے

porque su trabajo matutino había terminado

کیونکہ اس کا صبح کا کام ختم ہو چکا تھا

Los tres escritores simplemente asintieron al principio sin levantar la vista.

تینوں مصنفین نے اوپر دیکھے بغیر پہلے ہی سر ہلا دیا۔

Sólo cuando la camarera todavía no quería irse, la miraron con enojo.

صرف جب ویٹریس ابھی بھی جانا نہیں چاہتی تھی، تو انہوں نے غصے سے اس کی طرف دیکھا۔

- ¿Y bien? - preguntó el señor Samsa.

"ٹھیک ہے؟ "جناب سمسا نے پوچھا۔

La camarera estaba parada sonriendo en la puerta.

ویٹریس دروازے پر مسکراتی ہوئی کھڑی تھی

Como si tuviera una gran fortuna que contar a la familia.

جیسے اسے گھر والوں کو رپورٹ کرنے کی بڑی خوش قسمتی حاصل ہو۔

Pero ella sólo lo haría si la interrogaran a fondo.

لیکن وہ ایسا صرف اسی صورت میں کرے گی جب اس سے اچھی طرح سے پوچھ گچھ کی جائے۔

La pequeña pluma de avestruz casi erguida de su sombrero
se balanceaba ligeramente en todas direcciones.

اس کی ٹوپی پر تقریبا سیدھا چھوٹا شتر مرغ کا پنکھ چاروں طرف ہلکا
سا لہرا رہا تھا۔

Al señor Samsa le molestó la pluma de avestruz durante
todo su servicio.

جناب سمسا اپنی پوری خدمت کے دوران شتر مرغ کے پنکھ سے
ناراض تھیں۔

«¿Qué es lo que realmente quieres?», preguntó la señora
Samsa.

"تو تم واقعی کیا چاہتی ہو؟ "مسز سمسا نے پوچھا۔

La camarera todavía tenía el mayor respeto por la señora
Samsa.

ویٹریس اب بھی مسز سمسا کا سب سے زیادہ احترام کرتی تھی۔

Sí, respondió la criada, incapaz de seguir hablando debido a
su risa amistosa.

جی ہاں، نوکرانی نے جواب دیا، اپنی دوستانہ ہنسی کی وجہ سے بولنا
جاری رکھنے سے قاصر

»Así no tendrás que preocuparte por cómo deshacerte de las
cosas de al lado«

"لہذا آپ کو اس بارے میں فکر کرنے کی ضرورت نہیں ہے کہ پڑوسی
سامان سے کیسے چھٹکارا حاصل کیا جائے "

Lo solucionaré, está bien, añadió.

میں اسے حل کروں گی، یہ ٹھیک ہے، اس نے مزید کہا۔

La señora Samsa y Grete se inclinaron sobre sus cartas como
si quisieran seguir escribiendo.

مسز سمسا اور گریٹ اپنے خطوط پر اس طرح جھک گئے جیسے وہ
لکھنا جاری رکھنا چاہتے ہوں۔

El señor Samsa se dio cuenta de que la camarera ahora
quería comenzar a describir todo en detalle.

جناب سامسا نے محسوس کیا کہ ویٹریس اب ہر چیز کو تفصیل سے
بیان کرنا شروع کرنا چاہتی ہے۔

Pero él lo rechazó resueltamente con la mano extendida.

لیکن اس نے ہاتھ بڑھا کر اس بات کو سختی سے مسترد کر دیا۔

Pero como no le permitían contarlo, recordó la gran prisa
que tenía.

لیکن چونکہ اسے بتانے کی اجازت نہیں تھی، اس لیے اسے بڑی جلدی

یاد آ گئی۔

Ella gritó, visiblemente insultada: «Adiós a todos», y se dio
la vuelta violentamente.

اس نے چیخ کر کہا، ظاہر ہے کہ اس کی بے عزتی کی گئی" :سب
آدیو، اور بے تحاشا ادھر ادھر مڑ گئی۔

y salió del apartamento dando un portazo terrible

اور وہ دروازے کے خوفناک جھٹکے کے ساتھ اپارٹمنٹ سے باہر نکل
گئی۔

«Será liberada por la tarde», dijo el señor Samsa.

"اسے شام کو رہا کر دیا جائے گا، "مسٹر سمسا نے کہا۔

Pero no recibió respuesta ni de su esposa ni de su hija.

لیکن اسے اپنی بیوی یا بیٹی کی طرف سے کوئی جواب نہیں ملا۔

porque la criada parecía haberla molestado apenas recuperó
la paz nuevamente

کیونکہ ایسا لگتا تھا کہ نوکرانی نے اسے بمشکل دوبارہ سکون حاصل
کرنے میں خلل ڈالا ہے۔

Se levantaron, fueron a la ventana y se quedaron allí,
abrazados.

وہ اٹھے، کھڑکی کے پاس گئے اور ایک دوسرے کو تھام کر وہیں ٹھہر
گئے۔

El señor Samsa se dio la vuelta en su silla y los observó en
silencio durante un rato.

جناب سامسا اپنی کرسی پر پلٹ گئے اور تھوڑی دیر خاموشی سے
انہیں دیکھتے رہے۔

Entonces gritó: «¡Venid aquí!»

پھر اس نے پکارا" :تو یہاں آؤ۔"

»Dejemos atrás las cosas viejas«

"چلو پرانی چیزوں کو پیچھے چھوڑ دیتے ہیں"

»Por favor, ten un poco de consideración conmigo«

"برائے مہربانی مجھ پر تھوڑا سا غور کریں"

Las mujeres lo siguieron inmediatamente, corrieron hacia él,
lo acariciaron y rápidamente terminaron sus cartas.

عورتیں فورا اس کا پیچھا کرنے لگیں، اس کے پاس آئیں، اسے سہلا
اور جلدی سے اپنے خطوط ختم کر دیے۔

Luego los tres salieron juntos del apartamento.

پھر تینوں ایک ساتھ اپارٹمنٹ سے نکل گئے۔

No habían hecho esto durante meses

انہوں نے مہینوں سے ایسا نہیں کیا تھا

y tomaron el tranvía eléctrico hasta las afueras de la ciudad.

اور وہ برقی ٹرام کو شہر کے مضافات میں لے گئے۔

El coche en el que estaban sentados solos estaba
completamente bañado por el cálido sol.

جس گاڑی میں وہ اکیلے بیٹھے تھے وہ پوری طرح سے گرم دھوپ
میں نہا دی گئی تھی۔

Discutieron, cómodamente reclinados en sus asientos, las
perspectivas para el futuro.

انہوں نے آرام سے اپنی نشستوں پر جھک کر مستقبل کے امکانات پر
تبادلہ خیال کیا۔

Y se descubrió que estas perspectivas para el futuro, al
examinarlas más de cerca, no eran del todo malas.

اور یہ پایا گیا کہ مستقبل کے لئے یہ امکانات، قریب سے معائنہ کرنے
پر، بالکل بھی برے نہیں تھے۔

Porque los tres trabajos eran, algo que aún no se habían
preguntado, extremadamente favorables.

کیونکہ تینوں ملازمتیں، ایک ایسی چیز کے بارے میں انہوں نے
ابھی تک ایک دوسرے سے نہیں پوچھا تھا، انتہائی سازگار تھے۔

Y los trabajos eran prometedores, especialmente para más
adelante.

اور نوکریاں امید افزا تھیں، خاص طور پر بعد کے لئے

La mayor mejora inmediata de la situación tendría que venir,
por supuesto, de un cambio de residencia.

صورتحال میں سب سے بڑی فوری بہتری یقینی طور پر رہائش کی
تبدیلی سے آئے گی۔

Ahora querían alquilar un apartamento más pequeño y más
barato, pero mejor ubicado y en general más práctico.

اب وہ ایک چھوٹا اور سستا ، لیکن بہتر اور واقع اور عام طور پر زیادہ
عملی اپارٹمنٹ لینا چاہتے تھے۔

Mejor que el apartamento actual, elegido por Gregor

گریگور کے منتخب کردہ موجودہ اپارٹمنٹ سے بہتر

Mientras conversaban, el señor y la señora Samsa, al ver que
su hija se animaba cada vez más, pensaron en algo:

جب وہ بات کر رہے تھے، مسٹر اور مسز سمسا، اپنی بیٹی کو زیادہ

Casi al mismo tiempo se dieron cuenta de cómo se había convertido en una muchacha hermosa y voluptuosa a pesar de todos los cuidados que habían hecho palidecer sus mejillas.

تقریبا اسی وقت انہوں نے محسوس کیا کہ کس طرح وہ تمام دیکھ بھال کے باوجود ایک خوبصورت اور خوبصورت لڑکی بن گئی تھی جس نے اس کے گالوں کو پیلا کر دیا تھا۔

Cada vez más tranquilos y comunicándose casi inconscientemente a través de miradas, pensaron que ya sería el momento de buscar un buen hombre para ella.

خاموشی اختیار کرتے ہوئے اور تقریبا لاشعوری طور پر نظروں کے ذریعے بات چیت کرتے ہوئے، انہوں نے سوچا کہ اب اس کے لئے ایک اچھے آدمی کی تلاش کرنے کا وقت آ گیا ہے.

Y fue como una confirmación de sus nuevos sueños y buenas intenciones cuando, en el destino de su viaje, su hija fue la primera en levantarse y estirar su cuerpo juvenil.

اور یہ ان کے نئے خوابوں اور نیک ارادوں کی تصدیق کی طرح تھا جب، ان کے سفر کی منزل پر، ان کی بیٹی سب سے پہلے کھڑی ہوئی اور اپنے جوان جسم کو پھیلایا۔